KB176536

# 논증과 설득의 기술

바칼로레아를 통한 프랑스 논술 들여다보기

# 논증과 설득의 기술

*Du Plan à la Dissertation*

지은이
**폴 데잘망**
**파트릭 토르**

옮긴이
**마니에르**

끄세쥬

시공간 속에서 일어나는 사람과 사물과 사건의 이야기를 들려주고, 보다 쉽고 또는 전문적인 설명을 통해 더 많은 정보를 대중에게 알려주고, 알맹이 있는 생각을 논리적인 주장에 담아 누군가를 설득하기 위하여 우리는 글을 쓴다. 이렇게 글을 쓰는 의도나 이를 통해 이루려는 목적에 따라 '서사적', '설명적', '논증적'이라는 말로 글의 유형을 크게 구분하고 있다. 이 가운데 논증적 글쓰기는 개인의 지적 표현능력을 평가하는 사회적 수단으로 널리 활용되고 있음은 부인할 수 없는 사실이다. 논증이 서사와 설명보다 복잡한 심리적 기제가 개입되는 보다 높은 단계의 언어 행위라는 사회적 동의로 보아도 좋을 것이다.

고대 소피스트들의 대화술에서부터 오늘날 대학 글쓰기에 이르기까지 '교양인'의 양성을 목표로 하는 교육의 장에서는 개념 있는 생각과 일관성 있는 논리로 상대방을 수긍하게 만드는 기술, 즉 논증(l'argumentation)을 가르친다. 이처럼 오랜 역사를 거치며 진화해 온 논증의 기술이 논술(la dissertation)이라는 글쓰기 양식을 통해 제도권 교육 체제와 사회 시스템 속에 안착된 나라가 바로 프랑스다. 바칼로레아 논술, 그랑제꼴[1] 입시 논술, 대학교수자격시험, 문화예술 계통의 공무원 시험, 대학 문과 계열의 학습 과제 등 인재 선발 및 평가 과정에서 논술은 여전히 비중 있는 사회적 기능을 행사하고 있다.

논술이란 무엇인가? 우리 일상에서 '논술'이란 말은 다소 모호하게 사용되고 있어 개념을 분명히 할 필요가 있겠다. "~에 대해 논술하라"와 같은 지시어에서 보듯이 논리적으로 글을 서술하는 방식인가 하면, 논증적 글쓰기를 통해 생산된 결과물로서의 글을 칭하기도 하고, 대입시를 비롯한 선발 시험에서 출제되는 특별한 방식의 문제 유형을 일컫기도 한다. 논술의 본고장인 프랑스 사회에서 논술이란, 논증하는 능력을 보여주고 평가받기 위하여 여러 세기에 걸쳐 다듬어진 특별한 양식에 맞추어 쓴 글의 장르를 지칭한다. 프랑스 사회의 글쓰기 전통은 "사유는 형식을 통해 존재한다"[2]는 플로베르의 언어관이 말해주듯, 뜻을 담아내는 틀도 글을 만드는 요소라는 관점을 견지해왔다. 특히 논술은 글의 바탕인 내용만큼 글의 짜임인 형식을 중시하는 장르이다. 우리는 이 책에서 이 특별한 글쓰기의 정석을 만나볼 것이다. 이 책에서 다루고 있는 분야는 논술의 일반 원리, 교양 논술의 실제, 문학 논술의 실제이다.

---

1   프랑스의 대학은 일반 대학(Université)과 특수 목적의 엘리트 양성 기관인 그랑제꼴(Grandes écoles)로 이원화되어 있다. 그랑제꼴은 고등학교 졸업 후, 일부 고등학교에 부설된 일명 '프레빠(Prépa)'라고 부르는 그랑제꼴 준비반에서 2년간의 별도 양성 과정을 마친 후 학교별 경쟁시험을 통해 입학할 수 있다.

2   *L'idée n'existe qu'en vertu de sa forme.* (G. Flaubert 1846. 9. 18 서간문 중)

이 책의 저자, 폴 데잘망(Paul Désalmand)과 파트릭 토르(Patrick Tort)는 프랑스의 고등학교와 대학에서 오랜 동안 논술을 지도하고 관련 도서를 저술한 교육자이자 연구자이다. 이들은 여기서 오랜 지도 경험에서 축적된 노하우를 풀어내어 논술의 일반 원칙에서부터 논제를 분석하는 시각과 논제에 맞추어 개요를 작성하는 방법과 답안쓰기 전략까지 논술의 이론과 실제를 망라하여 지도하고 있다. 그 밖에 글쓰기에 임하는 수험생의 태도와 시험일 당일 답안 작성 시의 주의사항 등 따뜻하고 실용적인 가르침도 찾아볼 수 있다. 저자의 해박한 지식과 언어를 통해 만나게 되는 정교한 분석과 설명은 논증의 묘미를 즐길 수 있도록 이끌어준다. 특히 우리의 논술 지도서에서 다루지 못한 논제 분석의 다양한 시각과 사례를 접할 수 있다는 점에서 논술을 지도하거나 배우고자 하는 이들이 참고해 볼만한 가치가 있다. 또한 프랑스 대학에서 이루어지는 문학 비평의 두 축이라 할 수 있는 비판적 논술(la dissertation critique)과 분석형 논술(l'explication de texte)의 차이를 접해볼 수도 있다.

다만 이 책에서 인용되는 사람, 사물, 사건, 현상들에 관계하는 배경지식을 갖추지 못한 우리 독자들로서는 해당 논제나 부연 설명을 이해하는 데 어려움이 있을 수 있다. 그러한 애로점을 보완하기 위하여 작가, 작품, 지명, 용어 등에 별도의 역자 주를 두어 독자의 이해를 돕고 있다. 역자 마니에르는 자체 토론을 거친 후, 보충할 정보의 성격에 따라 일반 각주와 상세 각주로 나누어 문제 이해의 실마리를 제공하는 한편 프랑스 문화 지식을 전달하는 메신저로서의 역할을 기꺼이 수행하였다. 또한 사실과 의견을 구분하여 전달하기 위하여

애쓰고, 교차 읽기와 상호 피드백을 통해 오역을 줄이기 위한 최선의
노력을 기울였다. 그럼에도 불구하고 있을 수 있는 실수에 대해서는
독자의 관용을 바라며, 학인의 열린 자세로 모든 지적에 귀 기울이
며 수정 및 교정에 최선을 다할 것을 약속한다.

지도 및 감수 **윤 선 영**

| 프랑스 국립도서관 (BNF)

이 책은 바칼로레아의 새로운 요구 사항들을 반영하여 개정한 *Du Plan à la Dissertation*의 새로운 판본입니다. 특정 작품을 중심으로 하는 문학 논술을 다루기 위해 5부 전체를 할애했다는 점이 큰 변화라 하겠습니다.

명료한 설명, 개요의 유형에 대한 총체적 개관, 시험에 나올 만한 구체적 예시, 방법론적 조언, 아이디어를 얻을 수 있는 방법, 서술 문체에 이르기까지 논술의 고전이 되어 버린 이 책에서 필요한 부분들은 새로운 맥락에 맞게 풀어내면서도 초판의 기본을 확실하게 유지하였습니다. 개정판은 초판과 마찬가지로 모두에게 열려 있습니다. 바칼로레아를 앞둔 수험생에게 실제적인 도움을 주기 위해 집필한 책이지만, 그랑제콜 입학시험이나 공무원 시험을 준비하는 이들에게도 길잡이가 되어 줄 것입니다. 우리는 독자층을 종합적으로 고려하여 내용을 구성하였습니다. 여전히 출제되는 전통적 논술과 자료를 바탕으로 작성하는 논술에 더하여 일반교양 지식에 대한 구술시험까지 다루었습니다. 일반교양 지식에 대한 평가는 대부분 면접관 앞에서 구술로 이루어지는데, 내용을 조직화하는 측면에서 구술은 논술과 동일한 규칙을 따르기 때문입니다.

말로써 설득한다는 점에서 논술의 유형은 모두 수사(修辭) 행위라고 할 수 있습니다. 생각하는 힘과 개개인이 갈고 닦은 소양은 좋은 글을 만드는 원천이라 할 것입니다. 하지만 이 재료들만으로는 충분하지 않습니다. 아무리 신체 조건이 좋은 운동선수라도, 자신의 종목에서 몸을 어떻게 쓰고 어떤 전략을 사용하는지 배울 필요가 있습니다. 이와 마찬가지로, 논술 시험 응시자는 채점자의 흥미를 유발하면서도 그를 설득할 수 있는 기술을 연마해야 합니다. 이 책이 우리 독자들에게 논술에 대한 올바른 지식을 전달하고, 성공적인 논술로 가는 구체적인 방법 또한 제시해 줄 수 있기 바랍니다.

Paul Désalmand **폴 데잘망**

Patrick Tort **파트릭 토르**

# Contents

# Contents

# 1부
# 대원칙

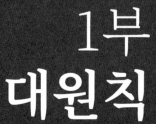

# 1장
# 기본 원칙

## 자신만의 반응을 담아내자

각종 시험 대비 논술 안내서들을 보면 하나 같이 개성적인 반응의 필요성을 강조하고 있다. 수험생들은 그 누구도 아닌 자기 자신이 되어 스스로의 고유한 생각과 느낌을 표현해야 한다.

논술 답안지를 채점해본 경험이 어느 정도 있는 사람이라면 이 말에 공감할 것이다. 수험생들은 대체로 수업 시간에 다룬 예제에 집착하는 경향이 있다. 시험장에서 논증력이 아닌 기억력을 동원해 미리 외운 모범 답안을 써내려고 할 것이다. 그러나 단순히 외운 내용을 늘어놓기만 하는 답안지는 결코 좋은 평가를 받을 수 없는데, 그 이유는 다음과 같다.

첫째, 미리 암기해 놓은 모범 답안이 논제에서 요구하는 바와 정확히 맞아떨어지는 경우는 흔치 않다. 따라서 단순히 수업에서 배운 답안만 외워 쓰면 제시된 논제를 제대로 다루지 못할 가능성이 높다. 채점자들의 경험에 따르면, 역설적이게도 수업에서 배운 적 없는 논제가 출제될 때보다 이미 배운 논제가 출제될 때 학생들의 점수가 대체로 더 낮다. 많은 수험생들이 이미 수업 시간에 공부한 적이 있는 논제를 만나면 너무 기쁜 나머지 진정한 의미로서의 사고 과정을 건너뛰어 버리기 때문이다.

둘째, 지역에 따라 수험생이 문제를 제기하는 방식이 다르다. 마르티니크(Martinique)에 사는 학생의 관점은 생토메르(Saint-Omer)나 툴루즈(Toulouse)에 사는 학생의 관점과 동일한 문화를 반영하지도, 동일한 표현으로 드러나지도 않을 것이기 때문이다.[3]

마지막으로, 교사의 생각과 학생의 생각은 같을 수 없다. 채점자들은 남의 것을 베껴서 잘 쓴 가짜 글보다 다소 순진하고 서투르더라도 진정성 있는 글을 더 선호한다.

물론 개인의 생각을 표명하라고 해서 타인의, 특히 작가들의 의견을 참고하지 말라는 뜻은 아니다. 문학 작품을 참조하는 것은 언제나 환영받는다. 추후 살펴보겠지만, 심지어 문학 작품을 필수적으로 참조해야 하는 경우도 있다.

> 수업 시간에 다룬 예제나 미리 준비된 모범 답안을 베껴 적는 것만으로는 결코 논제에 적절히 답할 수 없다. 채점자는 수험생이 자신의 개인적인 느낌과 생각을 진실되게 표현하기를 기대하기 때문이다.

---

3    마르티니크는 카리브 해 안틸레스 제도(les Antilles)에 위치한 프랑스의 해외 영토이고, 생토메르는 프랑스 북부 오드프랑스(Hauts-de-France) 지역에 위치한 인구 1만 5천여 명의 소도시이며, 툴루즈는 프랑스 남서부 옥시타니(Occitanie) 지역에 위치한 인구 47만여 명의 대도시이다.

## 예시를 활용하자

글이 개인의 생각과 생생한 감정을 담고 있다는 인상을 주기 위해서는 구체적인 것에 기반을 두어야 한다. 따라서 예시를 근거로 활용할 필요가 있다. 이 책의 다양한 모범 답안을 보면서 의견과 사실 간의 연결 고리가 어떻게 지속적으로 형성되는지 파악해보자.

**예시**는 어떤 주장을 뒷받침하기 위해 사용되는, 특정 사실에 대한 진술이다. 이때 중요한 것은 선택된 사실과 그 사실이 뒷받침할 주장 간의 관계를 항상 분명히 하는 것이다. 제대로 분석되지도 않고 논리를 전개하는 데 잘 녹아들지도 않은 사실들을 마구 가져다 쓰면 안 되기 때문에 이를 명심해야 한다.

하나 마나 한 말, 근거 없는 주장, 너무나 일반적이어서 진부하게 느껴지는 문장을 늘어놓지 않는 것이 중요하다. "1그램의 구체성이 1톤의 일반성보다 더 값지다."라는 헨리 제임스(Henry James)[4]의 명언을 항상 염두에 두어야 한다.


## 명확하고 일관되게 쓰자

논술은 서정적인 감정의 토로보다도 수학적인 증명과 유사해야 한다. 논술의 가장 중요한 특성은 논리적 엄격성이다. 감수성과 빛나는

---

[4]    헨리 제임스(Henry James, 1843~1916)는 미국의 소설가로, 대표작은 《여인의 초상(The Portrait of a Lady)》이다.

문체가 높이 평가되지 않는다는 뜻은 아니다. 그러나 논술은 무엇보다도 특정 문제에 대해 논증하는 것이기 때문에 논증 과정의 엄밀함과 논지의 일관성이 여전히 가장 중요한 특징이다.

논술은 또한 명확성을 요구한다. 글에 담긴 생각이 작성자 자신에게만 명확한 것으로는 충분하지 않고, 읽는 이에게까지도 명확해야 한다. 글에 쓸 내용을 조직하는 방법에 대해 이 책에서 말하는 모든 것은 결국 이러한 명확성의 문제와 연결되는 것이다.

단순히 눈길을 끌기 위해 어려운 용어를 근거 없이 사용하는 것은 피해야 한다. 만일 어려운 단어를 꼭 써야 한다면, 자신이 그 의미를 완벽하게 이해했고 그 단어를 사용할 수밖에 없었다는 것을 최대한 보여주어야 한다.

문장을 쓸 때도 간결성을 추구해야 한다. 이해하기 어려울 정도로 문장이 길다면 문장을 더 짧은 문법적 단위들로 나누는 것이 좋다. 그러나 지나친 간결함은 오히려 독이 될 수 있다. '주어-서술어-목적어' 식의 단문으로만 이루어진 글은 읽는 이가 빠르게 지루함을 느끼기 때문이다.

> 좋은 논술이란, 정확하고 명료한 표현을 사용하고 구체적인 예시를 들어 계속해서 현실을 참조하면서 논제에 대한 자신의 생각과 느낌을 드러낸 글이다.

## 개요를 작성하자

독자의 관심을 유도하면서도 설득력 있는 명확한 글을 쓰고자 한다면, 마구 떠오르는 아이디어들을 의식의 흐름대로 써서는 안 된다. 아이디어들을 적절히 배치하는 것이 논술의 핵심 작업인데, 이에 대해서는 다음 장에서 다룰 것이다.

# 2장
# 논술의 도식과 개요

글의 전개가 얼마만큼의 설득력을 가지는지는 대체로 내용을 어떻게 조직할 것인가에 달려있다. 글을 조직하는 방법을 설명하기 위해서는 논술의 **도식**과 엄밀한 의미에서의 **개요**를 구분하는 것이 좋다.

논술의 **도식**이란 '서론-본론-결론'의 세 부분으로 이루어지는 유기적인 결합체를 의미한다. 모든 논술은 이러한 도식을 갖추고 있으며, 이는 24쪽 그림과 같이 표현될 수 있다. **개요**는 도식의 세 부분 중 본론에 쓸 아이디어들을 구조화하는 것과 관련이 있다.

## 논술의 도식

논술은 항상 하나의 **문제**를 중심으로 조직된다. 즉, 논술에서는 문제를 제기하고 이를 해결해야 하기 때문에 논술의 도식은 언제나 세 부분으로 구성된다. **서론**은 문제의식을 명확하게 밝히는 부분이며, **본론**은 논점들 간의 대조가 드러나는 부분이다. 마지막으로 **결론**은 최종 입장을 분명하게 끌어내거나 그 입장을 넘어 새로운 관점을 제시하며 종합하는 부분이다.

## 개요의 유형

도식은 모든 논술에서 동일한 반면, **개요**는 그렇지 않다. 모든 논제에 사용할 수 있는 만능열쇠와 같은 개요가 존재할 것이라는 생각에서 벗어나야 한다. 그 유명한 '정-반-합'의 개요마저도 모든 경우에 적합하지는 않다. 하나의 틀 속에 모든 글을 끼워 맞추고자 하는 것은 헛된 시도이다.

개요는 상황에 따라 적절히 선택해야 한다. 어떤 경우에는 논제 자체에 개요가 암시되어 있기도 하다. 반면 같은 논제가 다양한 유형의 개요로 논의될 수 있는 경우도 있다.

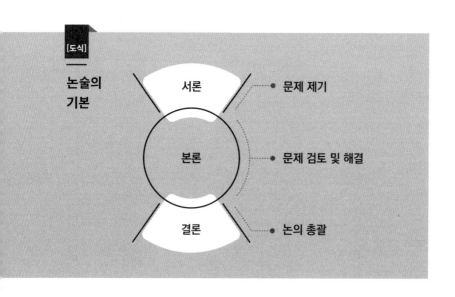

[도식]

**논술의 기본**

서론 ----● 문제 제기

본론 ----● 문제 검토 및 해결

결론 ----● 논의 총괄

# 3장
# 서론

논술을 쓸 때 가장 어려운 것은 논제를 명확히 파악하고 그 논제가 담고 있는 문제의식을 표현하는 것이다. 이때 서두르지 않는 것이 중요한데, 특히 아는 분야의 논제가 나오더라도 신중해야 한다. 답안을 모두 작성하고 나서야 내용이 논제와 전혀 관련 없다는 것을 깨닫는 일이 없도록 하자. 흥분은 금물이다. 논제에서 벗어난 내용을 열다섯 쪽 쓰는 것보다 단 한 쪽이라도 논제에 대해 제대로 쓰는 것이 차라리 낫다.

논술을 쓰기 시작할 때에는 변론을 준비하는 위대한 변호사처럼 다음과 같이 자문해보자. "무엇에 관한 것인가?", "내가 논증해야 하는 것은 무엇인가?"

## 서론이란 무엇인가?

논술은 항상 하나의 문제를 다루고 있다. 서론은 바로 이 문제를 제기하는 단계이다. 보다 전문적인 말로 표현하자면, 논제로부터 문제의식을 추출해 내는 것이다.

이때 **서론은 논제를 모르는 사람을 대상으로 작성해야 한다**는 점에 유의해야 한다. 이는 서론을 쓸 때 관습적으로 적용되는 규칙이다.

설령 논제가 시험지에 쓰여 있거나 채점자가 바로 그 논제를 선정한 장본인이라고 하더라도, 매번 새로운 독자를 가정하고 글을 써야 하는 것이다.

언뜻 보면 이러한 요구가 의아할 수도 있다. 그러나 이는 미래에 좋은 습관을 가질 수 있도록 하기 위함이다. 나중에 논제를 모르는 사람들을 대상으로 말하거나 글을 쓸 경우가 분명 있을 것이고, 결국은 이때 논제를 소개해야 할 것이기 때문이다.

그렇기 때문에 문제를 명백하게 밝히기에 앞서 문제의 맥락을 설정하는 것이 좋다. 항상 논제를 전혀 모르는 독자에게 말을 건다고 상상해야 한다. 대뜸 문제를 제기하기보다는 어떤 맥락에서 그러한 문제가 등장하는지를 보여주는 것이 더 적절하다.

따라서 서론을 다음과 같은 도식으로 구조화할 수 있다.

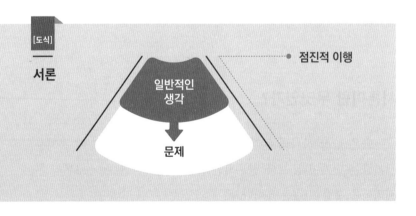

[도식]

**서론**

일반적인 생각

점진적 이행

문제

> 서론을 작성할 때는 빠르게 문제의 맥락을 설정하고 문제를 제기해야 한다. 서론은 논제를 모르는 독자를 대상으로 써야 한다.

**자가 점검** 집에서 과제로 글을 쓰는 상황이라면, 간단한 테스트를 통해 자신의 서론이 원칙을 지키고 있는지 확인할 수 있다. 논제를 알지 못하는 사람에게 서론을 보여주기만 하면 된다. 만약 그 사람이 서론의 내용만으로 원래 논제를 알아낼 수 있다면 성공이다.

# 좋은 서론을 쓰기 위한 열쇠

## 서론의 길이는 어느 정도여야 하는가?

좋은 서론은 10~15줄 정도로 비교적 그 길이가 짧다. 하지만 서론의 길이는 답안의 길이에 비례하는 것으로, 전체 답안의 약 10~15%로 보면 된다.

비약적인 서론은 피하는 것이 좋다. 예를 들어 "저자에 따르면, 광고는 개인이나 사회 집단이 욕망하지 않는 것도 욕망하게 만든다는 점에서 궁극적인 폭력이다."와 같이 시작하는 서론은 독자가 논제에 대해 모른다고 가정하는 원칙을 간과한 것이다. 이를 읽은 독자는 "어떤 저자를 말하는 것인가? 무엇을 쓴 저자인가?"라고 되물으며 충분히 궁금해 할 수 있다.

게다가 논제에서 발췌한 표현에 따옴표 표시가 되어 있지 않기 때문에 무엇이 저자의 생각이고 무엇이 작성자의 생각인지 구분되지 않는다.

## 📦 본론의 단락별 내용을 서론에서 예고해야 하는가?

이에 대해서는 의견이 분분하다. 전통적으로는 서론에서 앞으로 전개될 단락별 내용을 예고하는 것이 권장되어왔다. 그러나 《영어권 학생을 위한 안내서(Guide de l'étudiant angliciste)》에 제시된 저자의 말도 일리가 있다.

> "그러므로 논제를 소개해야 하는데, 여기에서 서론에 대한 잘못된 믿음이 나타난다. 중등 교육을 받으면서 서론이 본론의 개요를 설명해야 한다고 배웠을 수 있다. 하지만 교과서적인 것에 지나치게 얽매일 필요는 없다. 사실 좋은 서론은 논제를 제시하는 것이다. 즉, 문제의 맥락을 설명하는 것이다. 그런 다음, 마치 열차의 객차들처럼 단락들을 서로 서로 연결해가며 글을 전개하는 것이 보다 적절하다. 시작부터 단락 내용을 보여준다면 얼마나 서투른 글이겠는가! 독자들의 흥미가 모두 달아날 것이다."

먼저 이 책에서 지금껏 논의한 서론의 핵심 기능, 즉 문제의 맥락 설정을 저자가 확인시켜주었다는 점에 주목해보자. 그런데 학교 교육에서는 서론에서 개요를 예고할 필요성을 자주 강조하기 때문에 이러한 주장은 다소 당황스러울 수 있다.

흔히 서론에서 개요를 예고하면 글이 지나치게 무거워진다는 점은 저자의 말에 타당성을 부여한다. 다음의 예시는 바람직하지 않지만 수험생들이 빈번하게 저지르는 실수를 보여준다.

"첫 번째 단락에서는 발레리(Valéry)가 옳다는 것을 증명할 것이다. 이어서 두 번째 단락에서는 그에 반대하는 의견들도 완전히 틀리지는 않았다는 것을 보여주기 위해 노력할 것이다. 마지막으로는 결론에 도달하기 위해 전체 내용을 종합할 것이다."

이는 기껏해야 캐리커처 식으로 본론을 보여주는 것뿐이다.

이런 식의 서론을 피하기 위해서는 논지의 방향성만을 제시하되, 너무 무거워지지는 않게 하자. 또한 시작부터 어떤 방향으로 문제를 해결해 나갈지 설명하는 것은 바람직하지 않다. 본론의 내용이 아닌 자신만의 전개 방식만 가볍게 보여주자. 글의 흐름을 파악하게 하면서도 결론부에 나올 만한 이야기는 넣지 않아야 한다.

당연한 말이지만, 바로 뒤이어 나오는 단락이 아닌 이상 그 내용을 미리 다루지 않는 것이 좋다.

## ⬡ 서론에서 논제를 인용해야 하는가?

이는 논제가 논평해야 하는 인용문의 형태로 제시될 때 제기할 수 있는 질문이다.

짧은 인용문은 전체를 서론에 옮겨 적어야 한다. 하지만 긴 인용문의 경우에는 중요한 구절만을 따옴표 안에 인용하여 논제가 담고 있는 문제의식을 이끌어내야 한다.

## ⬡ 논제에 사용된 어휘를 어디서 정의해야 하는가?

논제에 사용된 어휘가 혼란을 일으킬 여지가 있다면 본격적인 논의에 앞서 이 어휘를 먼저 정의할 필요가 있다. 만약 몇 단어로 의미를 설명할 수 있는 어휘라면 서론에 포함시킬 수 있다.

그러나 단어를 정의하는 데에만 두세 줄을 넘겨야 한다면, 서론을 무겁게 하는 대신 이를 본론 도입부에서 다루는 것이 좋다. 심지어 본문의 첫 번째 단락을 핵심어의 의미에 대한 논의로 구성할 수도 있다.

물론 어떠한 정의를 내리는 것이 논술의 최종 목적인 경우는 예외이다.

> 글의 초반부에서는 논제의 핵심어가 어떤 의미로 사용된 것인지 분명히 할 필요가 있다.

## ⬡ 문제의 해결을 요구하는 논제가 아니라면 무엇을 해야 하는가?

예를 들어 논제로 "스크린이나 무대에서 특정한 배역을 연기하게 된다면 당신은 어떤 인물을, 왜 선택할 것이며 그 인물을 어떻게 연기할 것인가?"가 나왔다고 가정해보자.

이 경우에는 문제의 맥락을 제시할 필요가 없다는 것이 분명하다. 따라서 별도의 설명 없이 이렇게 글을 시작할 수도 있다. "만약 내 마음대로 배역을 선택하여 연극 무대에 설 기회가 주어진다면, 나는 위뷔(Père Ubu)[5]를 연기하고 싶다."

하지만 이와 같은 형식의 논제는 드물다. 이 경우에는 본론을 '왜, 어떻게'의 두 부분으로 구성하면 된다는 것이 논제에 암시되어 있다는 점을 주목하자.

## ☐ '일반적인 생각'에서 '문제 제기'로 어떻게 넘어가는가?

'일반적인 생각'은 글의 출발점 역할을 하고 '문제의식'은 본문을 조직하는 데 있어 중심 역할을 한다. '일반적인 생각'에서 문제의식으로 넘어가는 과정은 점진적이어야 하는데, 이는 26쪽 깔때기 모양의 도식에서 잘 나타난다.

실제로는 많은 수험생들이 '일반적인 생각'과 '문제의식' 사이의 논리적인 연결 고리를 무시하고 단순히 그 둘을 병치하는 데에 그친다. 일반적인 생각을 몇 줄 써놓고 갑자기 '이렇듯'이라는 연결어를 써서 논평할 인용문을 제시해버리는 것이 다반사이다. 이러한 글에서는 그 연결어가 왜 사용되었는지조차 이해하기 어렵다.

---

5    프랑스의 소설가이자 극작가인 알프레드 자리(Alfred Jarry)가 만들어낸 허구의 인물로, 《위 뷔 왕(Ubu roi)》에 처음 등장한다. 그는 유아적이면서도 잔인하며 저속한 권력욕을 가진 인 물의 전형으로 자리 잡게 된다. 그의 이름으로부터 '기묘한, 기괴한'이라는 뜻의 프랑스어 'ubuesque'가 파생되기도 하였다.

## ⬡ '일반적인 생각'은 무엇인가?

'일반적인 생각'이라는 표현은 더 적절한 말이 없어서 부득이 사용하는 것이다. 아닌 게 아니라, 이런 표현을 쓰면 많은 수험생들이 너무나 일반적이어서 그저 진부할 뿐인 생각들로 글을 시작하게 된다.

"시대를 불문하고 모든 철학가들을 열광하게 한 문제가 있다면 그것은 바로 (…)이다.", "(…)는 오래전부터 제기되어 왔던 문제이다." 혹은 "세계 어느 나라에서든 인간이라면 누구나 행복을 추구하기 마련이다."와 같은 말로 서론을 시작하는 것은 피하도록 하자. 이는 어떠한 논제에도 쓸 수 있는 너무 일반적인 문장이기에 결국 어떠한 논제에도 적합하지 않다.

글의 출발점 역할을 하는 '일반적인 생각'은 실제로 일어난 구체적 사실, 자신이 기억하는 것, 개인적 경험에 대한 암시, 설득력 있는 수치, 관찰 기록 등을 포함한다. 신문을 펼쳐보자. 때로는 몇몇 훌륭한 기자들이 쓴 글을 보며 영감을 받을 수도 있기 때문이다.

> "로댕(Rodin)의 조각품 60점이 아비뇽(Avignon) 교황청의 대예배당을 가득 메우고 있고, 로댕이 그린 30장의 건축 데생이 프티 팔레(Petit Palais)의 한 방에 전시되어 있다. 이는 가히 아비뇽의 여름 전시 관행을 바꾸었다고 할 만하다. 왜냐하면 지금까지 매년 여름 프티 팔레는 존재감이 없었고 예배당은 동시대 예술 작품만을 전시해왔기 때문이다."

위 글을 쓴 기자는 구체적인 사실로부터 글을 시작한다. 자연스럽게 독자는, 글쓴이가 아비뇽 여름 전시에 나타난 변화의 원인과 이점에 대해 자문하는 내용이 이어지리라고 예상하게 된다.

## 📦 인용문으로 서론을 시작해도 되는가?

가장 흔히 하는 실수는 제시된 인용문으로 곧장 글을 시작하고는 아직 제기하지도 하지 않은 문제에 관한 일반적인 내용으로 바로 넘어가 버리는 것이다.

대체로 이러한 서술 방식은 피하는 것이 좋지만 그렇지 않은 경우도 있다. 논제가 짧은 질문으로 제시되거나 짧은 질문으로 환원될 수 있는 경우에는 제시된 질문을 그대로 사용하거나 이를 조금 변형하여 서론을 시작해도 좋다.

그러나 위와 같이 질문이 갑작스럽게 등장하는 경우, 답을 하기에 앞서 질문에 미묘한 변화를 주고, 더 심도 있는 표현으로 바꾸어 질문의 의미를 분명히 하고 차별화하는 것이 중요하다.

## 📦 언제 서론을 작성해야 하는가?

시험이 시작되면 연습용 종이에 큼직하게 '서론'이라고 쓰고, 서론에 쓸 만한 요소들을 생각나는 대로 적어보자. 그러나 곧바로 최종적인 서론을 쓰는 데 초점을 두지는 말자. 개요를 구상하는 것이 먼저이다. 어떻게 글을 시작하고 마무리할지 글의 전체 흐름을 가능한 한 자세히 구상해야 한다. 그 후 답안 전체를 작성하기 시작할 때 서론을 쓰면 된다.

# 4장
# 결론

## 결론이란 무엇인가?

　빅토르 위고(Victor Hugo)[6]는 이렇게 말했다. "나는 간다, 나는 간다. 어디로 가는지는 모르겠지만, 어쨌든 나는 간다!" 논술은 이와 정확히 반대되는 것이다. 논제에 대해 깊이 생각해보면서 답안 준비 과정을 거쳤다면 글의 최종 목적지가 어디인지 감이 잡혀있어야 한다. 논술 채점자를 흥미로운 관점으로 인도하는 믿음직스러운 가이드가 되어야 하는 것이다.

　그러나 안타깝게도 논술 답안을 읽다 보면 전혀 다른 결과를 자주 보게 된다. 읽는 이는 여행지에 대해 잘 알지도 못하고 사전에 일정표조차 짜지 않은 허술한 가이드와 함께 여행하는 듯한 느낌을 받는다. 이러한 가이드들은 이리저리 방황한 끝에 자신이 책임지고 있는 여행자들을 느닷없이 깊은 숲속에 두고 떠나 버린다.

---

6　빅토르 위고(Victor Hugo, 1802~1885)는 다수의 시, 소설, 희곡을 쓴 프랑스의 작가이다. 대표작으로는 《노트르담 드 파리》, 《레미제라블》 등이 있다. 위고는 프랑스 낭만주의를 대표하는 인물로서, 1820년대 후반 낭만주의 문학 모임 '세나클'을 만들기도 하였다. 그의 작품에서는 낭만주의적 사랑과 혁명에 대한 이상과 휴머니즘이 잘 드러난다. 위대한 작가이자 현실참여 지식인이었던 위고는 19세기의 거장으로 불리며 팡테옹에 안장되었다.

위의 비유가 시사하는 바는 논술에 결론이 있어야 한다는 것이다. 결론은 논증을 종결하는 부분이다. 결론은 앞 내용들과 논리적으로 긴밀하게 연결되어 있어야 한다. 결론은 선행한 내용을 종합하는 부분이며, 논술에 필수적이다.

결론이 필요한 이유는 글에 대한 좋은 인상을 남기기 위해서만이 아니다. 글의 마지막 부분이 독자에게 남기는 인상이 매우 중요하기는 하지만, 단지 그 이유만으로 결론이 필요한 것은 아니다. 보통 채점자들은 최종 점수를 매기기 전에 글 전체를 보고 판단할 수 있도록 앞 부분으로 다시 돌아간다. 그러나 특히 결론을 통해 논술 작성자에게 요구되는 기본적 자질인 논리적 엄격성과 내용 종합 능력을 평가할 수 있다.

**논리적 엄격성**은 결론을 어떻게 논증의 필연적 도달점으로 만드는지를 통해 드러난다. 글을 읽는 사람이 글의 나머지 부분과 결론 사이에 필연적인 관련이 있다고 느껴야 하는 것이다. 결론은 단순히 끝이 아니라 결과이며, 글의 결말이자 최종 목적지이다.

**내용 종합 능력**은 본론의 내용을 되풀이하지 않으면서 그 내용을 총괄하기 위해 압축적 표현을 찾아내는 능력이다. 요약을 하려면 중요한 것과 부차적인 것을 가려낼 줄 알아야 하며, 말하고자 하는 바를 적절한 단어나 문장으로 표현하는 능력이 있어야 한다. 설득하려는 사람에게는 능력이 이만큼이나 필요하다.

결론은 모든 글의 필수적인 요소로, 결코 이를 소홀히 해서는 안 된다. 논술은 결론에 이르는 기술이라고 정의될 수도 있을 것이다.

## 결론은 어떻게 구성하는가?

 서론과 마찬가지로, 결론도 전체의 10~15% 정도의 길이로 작성하면 된다. 결론은 **닫힌 결론**과 **열린 결론**으로 구분할 수 있다.

 닫힌 결론은 앞의 논의를 단순히 요약하는 것으로, 열쇠를 돌려 문을 잠그듯 해당 논의에서 도출한 입장을 고정시키는 것이다. 열린 결론에서도 같은 방식으로 내용을 종합·정리하는데, 그 이후에 내용의 확장이 일어난다는 점에서 차이가 있다.

 확장 부분에서는 문제에 제시한 해결 방법을 보다 일반적인 관점으로 이동시킨다. 이때 흔히 새로운 질문을 제기하게 된다. 이는 결코 진정으로 만족스럽지 못하며, 언제든 새로운 문제로 나아갈 준비가 되어 있다는 느낌을 들게 한다. 열린 결론을 도식으로 나타내면 다음과 같다.

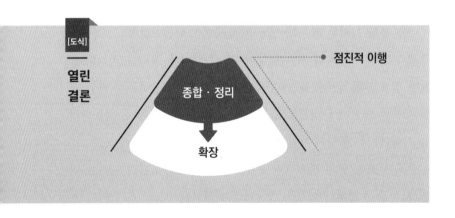

[도식]

열린
결론

점진적 이행

종합 · 정리

확장

> 논증의 끝 부분인 결론에서 간결하고 분명하게 글을 정리한다.
> 종합한 내용을 보다 일반적인 관점에 놓고 새로운 질문으로 나아갈 수
> 도 있다.

# 언제 결론을 작성해야 하는가?

일부 논술 교재는 결론을 가장 먼저 쓰도록 권장한다. 그러나 이는 사고 과정이 본질적으로 점진적이라는 점을 매우 간과한 것이다.

결론도 서론과 마찬가지로 접근해야 한다. 먼저 시험이 시작되면 연습용 종이의 상단에 크게 '결론'이라고 적는다. 그리고 논제에 대해 고민하고 개요를 작성하는 동안 결론에 들어갈 내용을 적어두는 것이 좋다.

개요를 구성한 뒤에는 결론의 논리적 뼈대만 만들어 놓는다. 실제로 결론을 쓰는 작업은 본론을 모두 작성한 뒤에 시작한다.

# 어떤 오류를 피해야 하는가?

### 🔾 결론의 부재

이는 끔찍한 결과를 초래할 것이다. 결론이 없는 글은 시간에 쫓기거나 역량이 부족하여 글을 완성하지 못하고 날림으로 썼다는 느낌

을 주기 때문이다.

## ⬡ 인위적인 결론

인위적인 결론이란 화려해보일지는 몰라도, 본론의 내용으로부터 필연적으로 귀결되지는 않는 결론을 말한다. 이는 특히 답안 작성자가 글 말미에 외워 온 결론을 그대로 쓰거나, 미리 준비해온 아름다운 문구를 전혀 어울리지 않는 곳에 쓸 때 나타난다.

## ⬡ 진부한 결론

분명 본론에서는 매우 흥미로웠던 글이 진부하게 끝나버린다면 당연히 독자는 실망할 수밖에 없다. 생쥐를 낳는 산에 관한 라 퐁텐(La Fontaine)의 우화[7]를 떠올리게 하는 답안은 피하도록 하자.

## ⬡ 본론을 되풀이하는 결론

어떤 결론들은 본론 부분을 다시 한 번 읽는 듯한 느낌을 주는데 이렇게 반복되는 것처럼 보이는 것은 바람직하지 않다. 결론에서 본론의 전체 흐름이 되풀이 되어서는 안 된다. 결론의 분명함은 간결함에서 온다.

--------

7    산이 아이를 낳으면서 내는 소리가 하도 커서 큰 도시를 낳는 줄 알았는데 알고 보니 생쥐를 낳았다는 우화이다.

## 🔲 황급히 쓴 결론

시간에 쫓기면 제대로 된 결론을 작성할 여유가 없어져 다소 일관성 없는 문단으로 글을 끝내버리기 쉽다. 글을 쓰는 동안 지치거나 시간이 부족해 생기는 이러한 오류를 피하기 위해서는 129쪽에 있는 시간 관리 및 시험 도중에 결론을 준비하는 방법을 참고하기 바란다.


## 🔲 부분적인 결론

생각이 계속해서 본론의 마지막 단락에 머물러 있으면, 그 앞에 나온 내용들을 포괄하지 못하고 자연스럽게 마지막 단락에만 치우친 결론을 쓰게 된다. 그러나 결론은 본론의 일부가 아닌, 글 전체를 아우르는 총체적인 결론이 되어야 한다. 따라서 논술에서 다룬 문제 전반에 대해 결론을 작성해야 한다.

# 5장
# 단락, 문단, 연결

논술에서 본론은 2~4개의 단락으로 구성되고, 하나의 단락은 몇 개의 문단이 모여 이루어진다.

## 단락

### 📦 본론이 빽빽한 하나의 단락으로 제시되어서는 안 된다.

글에 숨 쉴 공간을 주기 위해서 본론은 여러 단락으로 분배되어야 하며, 각 단락은 논증을 구성하는 굵직한 부분들에 대응된다. 이러한 유기적 분할을 시각적으로 나타내기 위해서는 각 단락 사이에 두세 줄을 띄는 것으로 충분하다. 같은 방식으로, 서론과 본론 그리고 본론과 결론 사이에도 두세 줄을 띄어야 한다.

본론의 단락 개수가 정해져 있는 것은 아니다. 하지만 단락이 네 개를 넘어서면 글이 산만해질 수 있으니 이럴 경우 내용을 다시 분류해서 묶어보자. 몇몇 시험에서는 단락 개수를 두 개로 한정하기도 한다.

## 🗍 본론이 지나치게 많은 단락으로 쪼개져 있어서도 안 된다.

돌을 빽빽하게 깔아놓은 길처럼 본론을 써도 안 되지만 반대로 산만한 느낌을 줄 정도로 글을 쪼개서도 안 된다. 행을 끊임없이 바꿔 쓴 글은 행을 한 번도 바꾸지 않은 글보다도 훨씬 더 읽기 힘들다. 하지만 내용을 다시 분류하고 묶어서 문단을 구성하는 것으로 충분히 이 문제를 해결할 수 있다.


# 문단

## 🗍 문단이란 무엇인가?

문단은 **형식적 단위**이자 **논리적 단위**이다.

형식적 측면에서 문단을 분리해주는 것은 **줄 바꿈**과 **들여쓰기**이다.

문단은 논리적 단위이기도 하다. 하나의 문단은 일관성 있는 총체를 이루어야 하기 때문에 임의로 줄을 바꾸거나 오로지 글에 숨 쉴 공간을 주기 위해 줄 바꿈을 하는 것은 피해야 한다.

오늘날 사람들은 저널리즘의 영향을 받음과 동시에 글의 가독성을 높이고자 문단을 예전보다 짧게 쓰는 경향이 있다. 그러나 글을 지나치게 분할하려고 해서는 안 된다. 분할 후 남아있는 단위들은 언제나 조직적이며 일관성 있는 하나의 총체를 이루어야 한다.

## ⬡ 문단의 구성

많은 답안 작성자들이 문단을 형식적으로는 나누지만 논리적으로는 나누지 않는다. 줄을 바꾸면 글이 덜 빽빽해 보이기 때문에 얼핏 문단이 잘 나뉘었다는 느낌이 든다. 그러나 이러한 형식적인 문단 구분은 내용들을 단순히 병치할 뿐 구조화하지 않는다. 줄 바꿈을 하면 글에 숨 쉴 공간이 생기기 때문에 얼핏 보기에는 기대하던 대로 내용을 잘 분류하여 묶었다는 느낌이 든다. 그러나 막상 글을 읽다 보면 온통 가짜 문단들이었다는 것을 알게 된다. 이러한 형식적인 문단들에서는 내용이 단순히 병치될 뿐 구조화되지는 않는다.

논술 자체가 조직화되어 있는 것처럼 문단도 그러해야 한다. 문단을 조직하는 방법을 단 몇 가지로 간추릴 수는 없지만 첫 문장에서 문단의 내용을 예고하는 것이 좋다는 원칙은 기억해둘 만하다.

이외에는 문단과 문단, 단락과 단락이 서로 연결되어 있어야 하는 것처럼 문단의 요소들을 논리적으로 연결하는 것이 중요하다.


# 연결

몽테스키외(Montesquieu)와 스탕달(Stendhal)[8] 같은 작가들은 내용들 간의 몇몇 연결 고리들을 생략하며 독자들이 그 공백을 채우리라 믿는다. 독자들이 행간을 읽고 이성적 사유의 흐름을 놓치지 않을 만큼 충분히 똑똑하다고 가정한다. 이처럼 간결한 문체는 글에 힘을 실어주고 내용을 효과적으로 암시한다.

하지만 논술에서는 이와 달리 명료하게 진술하는 것이 낫다(채점자가 아둔한 사람은 아니지만 매우 피곤한 상태일 것이다). 한 내용에서 다른 내용으로 갑작스럽게 넘어가는 것은 피해야 한다. 그렇기 때문에 내용들 간의 연결이 중요해진다.

수험생들은 적절한 연결어를 찾아야 하는 때에 종종 빈약한 어휘력을 드러내며 같은 표현을 계속해서 반복하는 경향이 있다. 아래는 이러한 논리적 도구들의 예시이며 여러 텍스트들, 특히 논설문을 공부하면서 이 목록을 더 채워나갈 수 있을 것이다.

## 🗄 논리적 연결어 예시　　　※ 원문에 있는 프랑스어 표현들을 함께 수록하였다.

### › 등치 표현

| | |
|---|---|
| **즉, 다시 말해서** | c'est-à-dire ; ce qui revient à dire (que) ; soit ; en d'autres termes |
| **한마디로, 간단히 말해서** | en un mot ; en bref ; en résumé |
| **마찬가지로** | de la même façon ; d'une manière approchante ; de même que… de même |
| **이처럼** | ainsi ; ainsi que |
| **…처럼** | comme |

---

8　　스탕달(Stendhal, 1783~1842)는 프랑스의 소설가로, 대표작으로는 《적과 흑》, 《파름 수도원》 등이 있다. 본명은 마리 앙리 벨(Marie Henri Beyle)이지만, 필명인 스탕달로 잘 알려져있다. 사실주의 작가로서, 《적과 흑》의 주인공인 줄리앙 소렐과 같이 당대 사회를 대표하는 시대의 전형을 통해 19세기의 프랑스 사회상을 보여주었다. 낭만주의가 19세기 프랑스 문학의 큰 조류였던 만큼, 스탕달의 작품에도 낭만주의적인 면모가 드러난다.

### › 목적 표현

| 이러한 이유로 | pour cela |
|---|---|
| …하도록 | afin que |
| 이러한 목적으로 | dans ce but ; à cette fin |
| 이러한 관점에서 | dans cette optique ; dans cette perspective |
| …을 목적으로 | en vue de |

### › 원인 표현

| …때문에, …로 인해서 | à cause de ; par le fait que ; cela fait que ; par le fait ; du fait que ; du fait de |
|---|---|
| 그래서 | de ce fait |

### › 결과 표현

| 따라서, 결과적으로 | donc ; de là ; d'où ; par conséquent ; en conséquence ; par voie de conséquence ; aussi |
|---|---|

### › 동시 표현 및 논리적 귀결

| 동시에 | en même temps |
|---|---|
| 상관적으로 | corrélativement |
| 바로 그런 이유로 | par là même |
| …을 고려하면 | compte tenu du fait que |

### › 비례 표현

| …만큼 | en tant que ; d'autant que |
|---|---|
| …만큼 더 | d'autant plus que |
| …하는 한 | pour autant que |

### › 양보 표현

| | |
|---|---|
| …에도 불구하고 | bien que ; en dépit du fait que ; en dépit ; malgré(malgré que는 비문) ; quoique |
| 어쨌든 | quoi qu'il en soit ; en tout état de cause ; de toute manière |

### › 제한 표현

| | |
|---|---|
| 적어도 | du moins ; au moins ; tout au moins |
| 그렇지만 | encore |
| 훨씬 덜 | encore moins |
| 오직 | seulement |

### › 고조 표현

| | |
|---|---|
| …뿐만 아니라 …도 | non seulement… mais encore ; non seulement… mais aussi |

### › 선택 표현

| | |
|---|---|
| …거나 …거나 | soit… soit ; ou bien… ou bien |

### › 대조 표현

| | |
|---|---|
| 그러나 | mais |
| 반면에 | par contre ; en revanche |
| 반대로 | à l'inverse |
| 그럼에도 불구하고 | néanmoins ; toutefois ; (et) pourtant ; cependant |

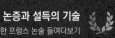
# 2부
# 개요의
# 유형

# 1장
# 변증법적 개요

## 변증법적 개요란 무엇인가?

**변증법적 개요**란 그 유명한 '정-반-합(정명제-반명제-합명제)'의 개요를 의미한다.

이 개요를 사용할 때는 서론에서 문제를 제기한 뒤, 본론을 다음의 세 단락으로 구성하는 것을 권장한다.

| | |
|---|---|
| **정명제** | 문제에 대한 하나의 관점 옹호한다. |
| **반명제** | 앞서 옹호한 명제에 반대되는 논거를 제기한다. 일종의 난관에 봉착한다. |
| **합명제** | 미묘한 차이를 내포한 중도적('정명제'와 '반명제'의 중간) 진실을 구축한다. 혹은 더 나은 방법은, 새로운 요소를 가미하여 위의 전개에서 도달한 명백한 대립을 극복하는 것이다. |

'변증법'이라는 말은 철학에서 가져온 용어이다. 현대적인 의미에서 이는 모순적인 요소들을 종합하여 대립을 극복하는 것을 의미한다. 예를 들어, 두 사회적 조직 간의 대립으로 새로운 유형의 사회가 등장

하는 것, 또는 두 설명 체계[9]의 대립으로 제3의 설명 체계가 탄생하는 것이 이에 해당한다.

변증법적 개요는 글을 쓸 때 자주 활용될 수 있다. 하지만 이렇게 글을 구성할 때 범하기 쉬운 오류들을 조심해야 한다.

# 어떤 오류들을 피해야 하는가?

### 📦 대립되는 주장들의 단순 병치

많은 학생들이 하나의 명제를 옹호하다가 아무런 연결 고리도 없이 완전히 반대되는 입장을 지지하는 실수를 저지른다. 하지만 반명제가 느닷없이 정명제에 대한 반대 입장을 취해서는 안 된다. 반명제는 최초의 명제에 대한 몇몇 제약을 부과하거나 정명제에 대립되는 논거를 내놓아야 한다. 대치하는 두 관점이 표면상으로 양립할 수 없어 생기는 문제는 반명제의 끝부분에 가서야 비로소 제기된다. 합명제는 이러한 난관에서 빠져나올 수 있게 한다.

예를 들어, 첫 번째 단락에서 수치를 제시하며 인구 문제가 걱정할 수준에 이르렀다는 것을 보여주었다고 가정해보자. 그러고 나면 사실상 아무런 연결 고리도 없이 그러한 우려가 허황된 것이라고 말할 수는 없다. 그 대신 새로운 에너지 자원과 문화 기술, 산아 제한의 가능성 등 정명제가 제시한 우려를 완화시킬 수 있는 가능성들을 저

---

9    과학, 종교, 신화 등을 의미한다.

론해야 할 것이다.

## 🗋 알맹이가 없는 합명제

변증법적 개요를 적용할 때, 학생들은 세 번째 단락, 즉 합명제를 작성하는 데 큰 어려움을 겪는데, 솔직히 말하면 이는 교사들도 자주 어려워하는 부분이다.

만약 세 번째 단락을 알차게 만들어줄 적당한 소재를 찾지 못하거나 결론 부분에서 글을 충분히 종합할 수 있다면 본론을 두 단락으로 작성하면 된다. 대신 그 결론을 충분히 풍부하게 작성해야 할 것이다. 이렇게 하는 것이 결론을 쓸데없이 늘려서 세 번째 단락을 인위적으로 덧붙이는 것보다 백번 낫다.

사실 합명제가 가장 쓰기 어려운 단락이다. 몇몇 학생들의 경우에는 중도적 진리를 제시하는 데에 그치고 말 수도 있다. 그러나 이런 해결책은 힘없이 끝나는 느낌을 주기 때문에 결코 진정으로 만족스럽지는 못하다. '변증법적'이라는 단어에 비추어 볼 때, 좋은 합명제는 대립되는 두 주장을 초월할 수 있어야 한다.

뒤에서 살펴볼 모범 답안에서는 민족 문학과 보편 문학을 대조한 뒤, 둘의 관계가 배타적이지 않다는 것을 보여줄 것이다. 이 둘이 절대적으로 대립되는 것은 아니며, 한 지역 또는 한 개인의 특수성에 집중함으로써 보편성에 도달하게 되는 경우가 많다.

# 어떤 입장을 정명제/반명제로 세울 것인가?

변증법적 개요를 시작할 때 대립하는 두 입장 중 어떤 것을 정명제로 선택할지, 즉 어떤 입장으로부터 글을 시작해야 하는지 결정하는 문제는 종종 학생들을 당황스럽게 한다.

일단, 언급된 작가의 입장이 반드시 정명제가 되어야 한다는 생각은 버리길 바란다. 그렇게 해야 하는 근거는 없다.

글은 독자의 지지를 얻기 위한 전략을 가지고 쓰기 때문에 주장의 배치 순서는 작성자가 도달하고 싶은 결론이 무엇이냐에 따라 달라진다. 만약 작성자가 중도적인 결론에 도달하고 싶다면 주장들 간의 배치 순서는 크게 중요하지 않을 것이다. 하지만 본론이 두 단락으로 구성된 경우에는 특별히 결론으로 이어지는 입장을 반명제로 두는 것이 좋다. 글의 시작 부분에서 반대 입장을 이해하고 있다는 것을 보여준 뒤, 작성자의 마음속에 있는 입장을 보다 강하게 옹호하는 것이다.

# 상세 개요 예시

**논제**    괴테(Goethe)[10]의 다음과 같은 주장을 현대에 적용해 논평하시오. "민족 문학은 오늘날 더 이상 큰 의미가 없다. 보편 문학의 시대가 눈앞에 다가왔으며, 모두가 이 시대를 앞당기기 위해 노력해야 한다."

## 🗨 일러두기

괴테(1749-1832)는 18세기에서 19세기로 넘어가던 시기의 인물이다. 독일인인 그는 특히 프랑스 대혁명과 나폴레옹(Napoléon)의 유럽 정복이 민족주의의 발전에 미친 영향[11]을 인정하였다. 하지만 논제에 나타나는 그의 문제의식은 당대의 큰 관심사였다.

논제는 '현대에 적용해' 논평할 것을 요구했으므로, 인터넷과 인공위성과 같은 현대 문물을 거론해도 연대착오의 오류(한 시대에 다른 시대의 현실을 위치시키는 오류)를 범하지 않을 수 있다.

언급된 괴테의 생각은 갈리마르(Gallimard) 출판사에서 나온 《괴테와 에커만의 대화(Conversations de Goethe avec Eckermann)》(1827년 1월 31일의 대화) 206쪽에

---

10   요한 볼프강 폰 괴테(Johann Wolfgang von Goethe, 1749~1832)는 독일의 문학가이자 정치가, 과학자이다. 대표작으로는 《파우스트》, 《젊은 베르테르의 슬픔》 등이 있다. 어려서부터 뛰어난 문학적 소양을 보였으며, 독일 고전주의를 대표하는 인물이다. 괴테는 만년에 프랑스, 이탈리아, 영국, 미국 등 여러 나라의 민족 문학을 접하며 각 민족 문학이 교류하여 보편적인 세계 문학의 시대가 올 것을 기대하였다.

11   1789년에 발생한 프랑스 혁명은 민족주의의 시작으로 널리 알려져 있다. 1792년 발미 전투에서 프로이센군으로 참전한 괴테가 프랑스 국민군의 활약을 보며 "바로 이곳에서부터 그리고 오늘 이후로 세계사의 새로운 시대가 시작된다."라는 말을 남기기도 했다. 또한 나폴레옹은 1804년 프랑스 황제에 즉위한 이후 유럽 전역을 침략했으며 이는 유럽 각국에서 민족주의가 발전하는 계기가 되었다. 괴테에게 나폴레옹은 찬사의 대상이었으며, 각자 정복국과 피정복국의 대표자로서 여러 차례 만난 바 있다.

실려 있다. 문학을 공부하고자 하는 이들에게는 이 책을 강력히 추천한다.


# 서론

괴테는 유럽이 '민족주의 운동'에 휩싸여있던 시기에 살았다. 이 문제는 그의 조국인 독일에서 매우 뚜렷하게 제기되었다. 독일은 그때까지 식자층을 지배하고 있던 프랑스의 영향력에서 벗어나고자 하였다. 당시 그가 속해있던 사회의 모든 작가들이 그랬던 것처럼 괴테는 민족적인 정서를 우위에 놓고자 하는 욕망과, 반대로 전 인류에게 말을 걸기 위해 민족에 한정된 틀을 초월하고자 하는 경향 사이에서 갈등했다. 그는 한동안 민족 문학(그의 경우에는 독일 민족 문학)을 우위에 두었지만, 이후 확실하게 보편 문학의 편으로 돌아서게 되었고 다음과 같이 선언하였다. "민족 문학은 오늘날 더 이상 큰 의미가 없다. 보편 문학의 시대가 눈앞에 다가왔으며, 모두가 이 시대를 앞당기기 위해 노력해야 한다."

그의 주장을 통해 우리는 오늘날의 세상에 대해 질문을 제기하며 이 두 선택지가 정말로 양립할 수 없는 것인지 자문하게 된다.


# 정명제 (첫 번째 단락)

문제에 접근하기에 앞서, 서론에서 어렴풋이 윤곽만 잡았던 정의들을 다시 살펴보는 것이 좋겠다. 보편 문학은 개개인의 문화적, 정치적, 종교적 배경에 상관없이 인류 전체의 관심을 불러일으키는 데 적합하다. 민족 문학은 우선적으로, 보다 제한된 공동체의 구성원을 대상으로 이야기한다.

민족을 정의하는 데에 많은 분량을 할애할 수는 없으니 르낭(Renan)[12]의 관점을 살펴보는 것으로 만족하자. 그에게 민족이란 공동으로 살아온 과거인 동시에, 미래를 함께 만들어가고자 하는 의지이다.

오늘날 몇 가지 사실들을 통해 우리는 "보편 문학의 시대가 눈앞에 다가왔다"는 괴테의 주장을 확인할 수 있다.

- 국경을 허무는 거대한 경제 집단들의 시대가 도래했다.

- 물리적 이동과 정보 전달이 신속해져서 지구를 하나의 커다란 마을로 볼 수 있을 정도로 사람들 사이의 접근성을 좋아지는 경향이 있다. 의사소통의 속도라는 영역에서 최후의 화신인 인터넷은 물리적 거리의 존재를 없애주는 듯하다.

- 지배적인 기술과 사회경제적 구조가 사고방식을 획일화하는 경향이 있다. 언론의 말을 빌리자면, 베를린 장벽이 붕괴된 이래로 우리는 획일적인 사고가 사람들을 지배하는 것을 목격해왔다. 획일적인 사고는 미디어와 시장 경제 사회의 영향으로 모든 곳에 만연해 있는 사고방식이다.

재즈 덕분에 예술이 국경을 자유롭게 넘나들 수 있었던 것처럼, 위 세 가지 요소들 또한 예술이 국경을 자유롭게 넘나들 수 있게 한다. 위 요소들은 문학에도 영향을 미쳤으며 우리는 전 세계 작가들의 작품을 번역본이든 원본이든 포켓북의 형태로 읽어볼 수 있다. 이러한 문화의 세계화는 아래에 있는 앙드레 말로(André Malraux)의 문장에 잘 요약되어 있다.

---

12 에르네스트 르낭(Ernest Renan, 1823~1892)는 프랑스의 언어학자·철학자이다. 《민족이란 무엇인가(Qu'est-ce qu'une nation ?)》에 나타난 그의 정의는 민족에 대한 가장 유명한 정의 중 하나이다.

"그리고 지금도 어딘가에서 한 인도인은, 러시아인 톨스토이(Tolstoy)가 사랑에 대해 품었던 생각을,《안나 카레니나(Anna Karenina)》에서 스웨덴 출신의 배우와 미국인 영화감독이 표현해내는 것을 보면서 눈물을 흘리고 있을지도 모른다."《서양의 유혹(La Tentation de l'Occident)》, 1926)

이러한 전 지구적 변화는 작가들이 자신의 나라에만 국한되지 않고 인류 전체에 대해 생각하도록 하였다.

## 반명제 (두 번째 단락)

앞서 제시한 내용에도 불구하고, 사랑과 같이 보편적으로 여겨지는 감정들마저도 나라마다 매우 다른 형태를 띤다. 일부다처제 혹은 일처다부제가 허용되는지, 또는 부모님에 의해서 배우자가 결정되는지 여부에 따라 그러한 감정들이 같은 방식으로 나타나지 않을 수 있다. 이와 관련해 우리 사회의 풍습에는 더 이상 맞지 않는 일이 여러 제3세계 국가들에서는 여전히 발생한다. 그렇기 때문에 이러한 주제를 그려내는 몰리에르(Molière)[13]의 몇몇 작품들이 매우 큰 반향을 일으킨다.

---

13    몰리에르(Molière, 1622~1673)는 프랑스의 극작가이자 배우이다. 대표작으로는《타르튀프》, 《수전노》,《상상병 환자》등이 있다. 본명은 장 바티스트 포클랭(Jean-Baptiste Poquelin)이며, 극단 창설 후 '몰리에르'라는 예명을 사용하였다. 17세기 고전주의를 대표하는 희극 작가로서, 당대의 풍속을 작품 속에 풍자적으로 그려냈다. 그의 극단은 루이 14세의 후원을 받아 국왕 전속 극단이 되었다. 그의 사망 이후에는 다른 극단과 통합되어 현재의 프랑스 국립 극장인 코메디 프랑세즈로 창단되었다.

타인에 대한 관용을 옹호한 볼테르(Voltaire)[14]의 생각은 볼테르를 오랫동안 주적으로 여겼던 가톨릭교회도 동조했을 정도로 상식적인 것이다. 하지만 정의상으로는 보편적인 인권 윤리가 모든 곳에서 받아들여지는 것은 아니다. 스스로를 진리의 유일한 소유자라고 여기는 전 세계의 광신도들이 진리라는 명목하에 계속해서 살인을 자행하는 것처럼 말이다.

개인이라는 개념, 죽음이나 아이들을 대하는 태도 또한 시대와 장소에 따라 크게 달라진다. 서구 사회는 점점 더 개인주의적으로 변해 가지만, 개인보다 공동체가 우선시되는 사회(이른바 전체주의 사회)도 여럿 남아있다. 죽음은 오랫동안 익숙한 현실의 일부분으로 여겨졌으나, 언젠가부터 매우 극적으로 묘사되었다. 이처럼 시대에 따라 나타나는 차이가 지역에 따라 나타나기도 한다. 아이들이라는 개념이 사실상 존재하지 않았던 시대도 있었다. 그런데 국제연합(UN)이 아동 권리 선언을 통해 공동의 토대를 수립하고자 노력한 뒤에도 아이들을 대하는 태도는 여전히 나라별로 매우 다르게 나타난다.

획일화를 하려는 압력은 오히려 정반대의 현상을 야기했다. 지역주의 운동과 민족주의적 형태가 강화되었으며, 사라진 문화 요소들을 되살리고 강제하기까지 하는 재민족화 현상이 나타난 것이다. 문학적 차원에서는 지역과 민족의 언어 및 문화가 비약적으로 발전하였다. (예시 : 페루, 탄자니아, 프랑스의 브르타뉴(Bretagne)와 옥시타니(Occitanie) 지방)

제3세계에서는 특수한 방식으로 문제가 제기되었는데, 식민지 독립 투쟁이 민족의식의 고취를 기반으로 일어났다. 독립 이후에도 민족주의

---

14 볼테르(Voltaire, 1694~1778)는 프랑스의 작가이자 계몽사상가로, 본명은 프랑수아 마리 아루에(François-Marie Arouet)이다. 생전에는 《오이디푸스》나 《자이르》 등 비극작품으로 17세기 고전주의의 계승자로 인정받았으나, 오늘날에는 간결한 문체의 《자디그》나 《캉디드》 등의 철학소설과 문명사적 관점에 따른 역사 작품이 더 높이 평가된다. 또한 디드로, 루소 등과 함께 백과전서파의 한 사람으로서 중요한 역할을 했다.

는 여전히 새로운 국가들을 응집시키는 원동력이다. 소련의 해체에서 민족주의의 역할도 살펴볼 만하다. 이는 괴테가 바라던 보편성과는 거리가 먼 참담한 결과를 낳았다.

## 합명제 (세 번째 단락)

### › '보편성'이라는 단어에 대한 재검토

이 지점에서는 보편성이라는 개념을 분명히 할 필요가 있다. 왜냐하면 많은 사람들이 보편 문명을 서양 문명의 확장으로 보기 때문이다. 한때 페르시아 시(詩)에 영향을 받았던 괴테조차도 아마 이 같은 생각을 굳게 믿고 있었을 것으로 보인다.

그러나 서양 문명이 전 세계적으로 확산된 결과가 보편 문명이라고 생각해서는 안 된다. 보편 문명은 서로 다른 문화가 만나 조화를 이루는 것이지, 획일성과는 관계가 없다.

심지어 유럽 언어를 국어로 채택한 나라들조차도 그 언어로 진정한 민족주의 작품들을 생산해낼 수 있다. 프랑스어로 쓰인 아프리카 문학이 그 예시이다.

### › 민족 문학과 보편 문학의 대립 극복

사실 한 문화에 뿌리를 두는 것과 보편에 이르고자 하는 사명은 양립 불가능한 선택지가 아니다. 우리는 종종 자신의 특수성을 깊이 파고듦으로써 보편성에 이르게 된다.

[예시] 아래 예시들은 특수성에 대한 열망과 보편성으로의 개방이 양

립 가능하다는 것을 잘 보여준다.

- 몰리에르의 극작품들은 한 시대의 프랑스 현실에 기반을 두고 있음
  에도 전 세계에서 공연된다.

- 마찬가지로 심농(Simenon)의 소설들은 항상 동일한 지리적 배경에 놓
  여 있지만, 그럼에도 50여 개 국가에서 번역되었다.

- 프랑스의 시인이자 극작가인 에메 세제르(Aimé Césaire)는 그가 태어난
  곳인 마르티니크(Martinique)라는 비교적 제한된 사회의 현실에서 출발
  하지만 그의 작품들은 여러 나라에서 상연되거나 연구된다.

- 다음의 두 작가는 뿌리 내림(특수성)과 개방(보편성)이 양립 가능하다고
  밝힌 바 있다. 쥘 르나르(Jules Renard)는 "세상의 한 구석에 있는 이 마
  을에서도 전 인류의 모습을 거의 다 볼 수 있다."라고 말하였고, 라
  뮈(Ramuz)는 "나는 내 포도밭에서 흙덩어리 위에 자리를 잡고 지구의
  중심까지 파고들 것이다."라고 말한다.

- 모리아크(Mauriac), 셰익스피어(Shakespeare), 발자크(Balzac) 등의 작가들
  이 남긴 말도 이 예시에 덧붙일 수 있다.


## 결론

괴테는 인류 사회 발전의 중요한 경향과, 문학이 그 발전을 어떻게 반
영했고 또 어떻게 반영할 것인지를 이해하는 통찰력이 있었다. 우리가
'인권'에 대해서 이야기할 때마다, 우리는 보편성을 향해 올바르게 나아
가고 있는 것이다. 인권이라는 표현 자체에 모든 인간이 동등한 존재이

며, 모두가 동등하게 존중받을 권리가 있다는 것이 전제되어 있기 때문이다.

작가들은 보편 문명을 이루는 데 기여할 수 있다. 그런데 보편 문명이 바람직하다고 할지라도 그 사회가 다른 문화의 특수성을 최소한 부분적으로라도 존중할 때에만 바람직하다는 것을 명확히 해야 한다. 양탄자가 아름다운 이유는 양탄자를 이루는 갖가지 색깔의 실들이 있기 때문이다. 오늘날 작가들은, 보편으로의 개방과 한 민족에 뿌리 두기라는 두 가지 축을 모두 염두에 두고 작품을 써야 한다. 물론 작가가 역사의 흐름 속으로 기꺼이 뛰어든다면 말이다.

# 2장
# 삼단형 개요

## 삼단형 개요란 무엇인가?

앞서 살펴본 변증법적 개요와 마찬가지로 삼단형 개요는 세 부분으로 이루어져 있다. 그러나 이 세 단락이 서로 대립하지 않는 각기 다른 관점들에 해당한다는 점에서 변증법적 개요와 구분된다. 이러한 관점들은 상호 보완적이며 전개하는 입장을 점진적으로 풍부하게 만들어줄 수 있다.

논제만 적합하다면 삼단형 개요보다는 변증법적 개요를 선택하는 것이 더 바람직하다. 변증법적 개요를 사용하면 사실상 더 역동적인 글을 쓸 수 있기 때문이다. 내용을 세 가지 측면에서 단순히 보여주는 것보다는 대조의 틀 속에서 사고를 발전시킬 때 읽는 이의 흥미를 더 오래 끌 수 있으며 더욱 쉽게 설득력을 갖는다.

하지만 변증법적 개요를 쓸 수 없는 경우도 있는데, 특히 문학 작품을 다루는 논제들이 그러하다. 따라서 이 경우에는 단순히 논제에서 제기된 문제와 직접적으로 관련이 있는 세 가지 관점으로 글의 본론을 구성할 수 있다.

세 가지 관점을 제시하는 것이 일종의 전통이지만, 두 단락에서 만족하거나 네 단락까지 쓰는 것도 물론 가능하다.

　각각의 관점을 배치하는 순서는 절대 자의적이지 않다. 그 순서는 논리적이어야 하며, 가능하다면 점진적이기까지 해야 한다. 아래 모범 답안을 통해 그 예를 살펴보도록 하자. 해당 논술의 목표는 "이원적이고 분열되어 있는"이라는 말이 보들레르라는 시인과 그의 작품 《악의 꽃》에 잘 부합하는지 탐구하는 것이다. 이때 글의 짜임은 다음 순서를 따른다.

　1) 보들레르의 생애
　2) 보들레르식 현실의 이원성
　3) 아름다움

　이 순서는 논리적 일관성에 따른 것이다. 글의 전개는 **실존**(경험)에서 출발하여 **미학적 차원**(아름다움에 대한 분석)으로 전환된다.

# 모범 답안 예시

| 논제 | 한 비평가는 보들레르(Baudelaire)[15]의 시를 "모든 존재, 모든 현실, 모든 욕망이 이원적이고 분열되어 있는" 공간으로 정의한다. 《악의 꽃(Les Fleurs du Mal)》에 관한 배경지식에 근거하여 위와 같은 표현이 상징주의 시인인 보들레르의 세계와 작품의 구조가 지닌 특징을 적절하게 드러내는지, 만약 그렇다면 어떤 점에서 그러한지 서술하시오. |

## 일러두기

위 논제는 실제로 시험에 출제되었던 것을 그대로 가져온 것이다. 논제에 비평가의 이름이 생략된 이유는 아마도 응시자들이 비평가가 누군지 궁금해하느라 시간을 허비하지 않도록 하기 위함일 것이다. 사실 그들에게 중요한 것은 누가 한 말인지가 아니라 그 말의 본질을 파악하는 것이다.

---

15  샤를 피에르 보들레르(Charles Pierre Baudelaire, 1821~1867)는 프랑스의 시인으로, 대표적인 저서는 《악의 꽃》, 《파리의 우울》 등이 있다. 그는 최초의 상징주의 시인으로서 도시를 시의 소재로 활용하였다는 점에서 현대시의 새로운 지평을 연 인물로 평가받는다. 또한 산문시를 운문시에 버금가는 아름다운 장르로 격상시켜 문학사에 중요한 한 획을 그었다. 보들레르의 서정시는 후대의 상징파 시인들에게도 큰 영향을 미쳤다.

# 서론

보들레르가 출판을 준비 중이던 시집에 '악의 꽃'[16]이라는 제목을 제안한 것은 그의 친구였다. 그의 친구가 제목을 잘 지었다는 의견에는 모든 이들이 동의한다. '악의 꽃'이라는 제목이 보들레르가 전에 생각해냈던 제목들보다 시집의 본질을 훨씬 더 잘 담아내기 때문이다. 전통적으로 꽃은 악이 아닌 행복이나 아름다움과 연결되기 때문에 '악의 꽃'이라는 말은 모순 어법의 형태를 띤다고 할 수 있다. 이렇듯 첫 장에서부터 이 제목은 악취를 풍기는 현실의 땅과 그 땅에서 피어날 수 있는 아름다움 사이에서 발생하는 일종의 충돌을 암시했다. 그러나 이 시집, 더 나아가 보들레르 문학의 구성 원리를 과연 대조와 이원성 속에서 파악해야 하는가? 또한 어떤 비평가가 그랬던 것처럼 보들레르의 시를 "모든 존재, 모든 현실, 모든 욕망이 이원적이고 분열되어 있는" 공간으로 정의해야만 하는가?

## I. 보들레르의 생애 자체의 이원성

〈축복(Bénédiction)〉이라는 시는 시인의 생애 자체가 이미 이원성과 분열의 영향 아래에 놓여 있었다는 것을 보여주면서 시집의 첫 장을 연다. 신은 그에게 시인으로서의 재능이라는 축복을 내렸지만, 이로 인해 그는 도리어 자신의 어머니로부터 저주를 받게 된다.

---

16   이 장에 등장하는, 《악의 꽃》에 포함된 시들은 '샤를 보들레르 저, 《악의 꽃》, 윤영애 역, 문학과 지성사, 2004.'의 번역을 기본으로 하되 부분적으로 수정하였다.

"아! 이 조롱거리를 기르느니

차라리 살무사 한 무리를 낳고 말 것을!"

위와 같이 어머니는 몇 절에 걸쳐 계속 폭력적으로 신에게 항의한다. 심지어 보들레르의 출생을 저주로 여기는 심리가 다음과 같이 명시적으로 드러나기도 한다.

"내 뱃속에 속죄의 씨앗을 심어버린

덧없는 쾌락의 그 밤이 저주스럽다!"

반면에 시인은 어머니의 말이 끝나고 그녀와는 다른 방식으로 신에게 말을 건다.

"축복 받으소서, 신이시여, 당신이 주신 괴로움은

우리의 부정을 씻어주는 신성한 약…"

시의 앞부분을 보면 〈축복〉이라는 제목이 역설적이라고 생각할 수 있지만 사실은 그렇지 않다. 비록 자신의 특별한 재능이 필연적으로 고통을 낳을지라도, 보들레르는 스스로를 신으로부터 선택받은, 뛰어나고 축복받은 존재라고 여겼다.

"나는 압니다, 고뇌야말로 유일하게 고귀한 것임을"

"병든", 그렇지만 아름다운 꽃들이 피어오를 수 있는 곳은, 그야말로 여기서 시인의 고통으로 이해되는 악이다. "병든 꽃"은 보들레르가 테

2부 개요의 유형

오필 고티에(Théophile Gautier)에게 쓴, 이 시집의 헌사[17]에서 언급된 바 있다.

이후 보들레르의 청춘은 격동과 암흑으로 점철되어 있었다. 늘상 근심거리와 사람들의 멸시에 시달리는 것은 그의 운명이었다. 이는 그를 정화해주는 고난이었을까, 아니면 침몰의 과정이었을까? 그의 현실은 이때에도 마찬가지로 이원적이었다. 지상으로 추방되어 고통받는 시인의 신화는 〈알바트로스(L'Albatros)〉라는 시에서 되살아난다. 이 시에서는 "거인"[18]의 침몰이 그려지는데, 이는 배의 침몰이 아닌 새의 침몰이며, 시인을 괴롭혔던 이들의 침몰이 아닌 시인 자신의 침몰이다. 반면 〈상승〉에서는 침몰하고 땅에 못 박혀 버린 시인의 이미지와 반대되는, 정화와 비상이라는 주제에 대해 이어서 이야기한다.

"이 역한 독기로부터 멀리 날아올라
높은 대기 속에 그대 몸을 정화하여라,
그리고 마셔라, 순수하고 신성한 술 마시듯,
맑은 공간을 채우는 밝은 불을."

이 시에서 나타난 상승은 초월적 세계를 향한 영혼의 자발적인 탈출이자 도피와 자유의 행위이다. 이는 인간 세계를 떠나 버리기로 결심한 자의 경멸적인 날갯짓이다.

시인은 희생자와 심판자의 역할을 번갈아 수행한다. 그는 현실 속으로 침몰하고 땅에 못 박힌 채 구원을 위한 고통을 감수하는가 하면, 정상을 향한 고독한 상승에 대해 멸시를 받으면서 탈출하기도 한다. 이러한 의미

---

17  〈완전무결한 시인〉 프랑스 문학의 완벽한 마술사,/ 몹시 친애하고 숭배하는/ 스승이자 벗인/ 테오필 고티에에게/ 나는 대단히 겸허한 마음으로/ 이 병든 꽃들을 바친다.

18  이때의 거인이란 알바트로스와 시인 자신을 모두 의미한다.

에서 그는 본질 자체로 이원적이고 분열된 존재이다. 타락과 순수의 교대
는 그의 이원적 본성 특유의 움직임처럼 표현된다.

> "방탕아의 방에 희뿌옇고 새빨간 새벽이
> 마음을 괴롭히는 이상과 함께 비쳐들면,
> 신비한 응징자에 휘둘려
> 잠들어버린 짐승 속에서 천사가 깨어난다."[19]

## II. 보들레르식 현실의 이원성

덕과 아름다움만큼이나 사랑에 관해서도 이야기하고 있는 위 4행시
는 보들레르식 현실의 기이한 파동을 설명하는 구조적 법칙을 품고 있
는 듯하다. 그 파동이란 하강과 상승, 악과 덕, 방탕과 이상이 교대로 나
타나는 것을 말한다. 필연적으로 모든 것은 매력적이다가도 혐오스럽고,
사랑받다가도 미움받고, 기대되었다가도 절망의 근원이 된다. 게다가 함
축적인 제목을 가진 《악의 꽃》에서, 첫 장 '우울과 이상'에 실린 〈허무의
맛〉에는 "잠들어버린 짐승"의 절망적인 이미지가 나타난다.

> "우울한 정신이여, 전에는 싸움도 좋아하더니,
> …
> 단념하여라 내 마음이여, 짐승의 잠에 빠지려무나."

《악의 꽃》은 전체적으로 이러한 형식을 기반으로 쓰였다. 보들레르는

---

19    〈영혼의 새벽(L'aube spirituelle)〉 中

"새로운 것을 찾기 위해 미지의 세계를 깊숙한 곳까지 파고드는" 규칙을 스스로 세운 것과 마찬가지로, 싫증을 느끼기 위해서라면 방탕의 밑바닥까지 내려갈 사람이었다("사랑도 이제 맛없고" -〈허무의 맛〉 中). 하지만 그것은 그 뒤에 순수, 희망, 이상을 향해 솟아오르기 위함이었다.

보들레르의 작품에서 이러한 양면성 혹은 이원적 움직임(하강과 대조되는 상승의 모티프, 쓰러진 혹은 패배한 인간과 대조되는 꼿꼿이 서 있는 인간이라는 주제)을 가장 강하게 상징하는 것을 해석할 줄 안다면, 이러한 파동의 각 단계가 그 다음 단계와 불가분의 관계에 놓여 있음을 아마도 이해할 수 있을 것이다. 시적 재능을 높은 수준으로 끌어올리기 위해서는 우선 그것이 짐승의 절망 속으로 가라앉아야 한다. 지상의 무거운 정념들을 가득 실은 채 곤두박질쳐야 하는 대상이 밑바닥, 즉 죽음의 맛이 나는 잠에 이르고 나면, 그곳이 바로 재탄생을 위한 주춧돌 역할을 할 것이다. 밤이 지나가면 영혼의 새벽이 오기 마련이다.

> "어리석은 향연의 연기 나는 잔해 위로
> 한결 또렷한 당신의 매혹적인 장밋빛 추억은
> 커진 내 두 눈 앞에 쉴 새 없이 나풀거린다."

마찬가지로, "다가갈 수 없는 푸른 하늘"은 이미 "쓰러진" 사람에게만 열리는 것이다.

사랑, 용기, 희망, 시, 무엇에 관한 것이든 우리는 항상 우울과 이상 사이를 오가는 동일한 진동을 발견한다. 보들레르는 말할 것도 없이 모든 인간의 본성 자체는 이러한 이원적 방식으로 구조화되어 있다. 보들레르는 이를 《벌거벗은 내 마음(Mon cœur mis à nu)》에서 하나의 구절로 표현했다. 이 구절은 이후에 유명해졌다.

"모든 인간의 마음속에는 언제나 두 대상을 향한 기원이 동시에 존재하는데, 하나는 신을 향한 것이고, 하나는 사탄을 향한 것이다. 신 혹은 영성을 향한 기도는 상승하려는 욕망이요, 사탄 혹은 야만성을 향한 기도는 추락할 때 느끼는 기쁨이다."

보들레르의 삶과 고통은 이러한 두 극단을 끊임없이 오가는 것으로 이루어져 있다. 분열은 이 세계의 법칙이다. 심지어 푸른 하늘을 향해 도약하는 중에도 침몰에 대한 두려움은 항상 남아있다.


## III. 아름다움의 이원성

〈시체(Une Charogne)〉의 분석에서 드러나듯이 아름다움조차도 오염된 것이다. 이 시에서 사랑하는 이의 육신과 매력을 미래 속에 그려보는 것은 죽을 수밖에 없는 육신을 가진 모든 인간의 숙명을 영원한 것으로 만드는 것이다. 그러나 동시에 이 시는 영원성에 대한 희망을 예술 자체에서밖에 찾지 못한다는, 보들레르 상징주의 예술의 한 가지 핵심적인 부분을 단적으로 보여준다. 실제로 〈시체〉는 롱사르(Ronsard)의 수사학을 능가하여, 온 생명과 아름다움의 부패를 나타내는 '사실주의적 상징'이다. 보들레르는 시간과 죽음에 지배되는 이 세상에서 모든 사물이 지니고 있는 양면성을 다시 한 번 이야기한다. 그러나 그는 "카르페 디엠"을 이야기하지 않으며, 행복이 이 순간에 있다고 믿게 하거나 아름다움이 활짝 피어있을 때 취하라고 부추기지도 않는다. 영원성에 대한 유일한 가능성은 기억과 변치 않는 형태를 보호해주는, 예술가의 작품 속에 은신하고 있다.

"그때엔, 오 나의 미녀여, 말하오,
당신을 핥으며 파먹을 구더기에게,
내 사랑이 썩어문드러져도 그 형태와 거룩한 본질을
내가 간직하고 있었다고!"

실제로 아름다움이 영원에 이를 수 있는 유일한 길은 오직 예술뿐이다. 그러나 아름다움은 죽음처럼 차갑다. 〈아름다움(La Beauté)〉이라는 시는 이러한 측면에 대해 선택의 여지를 남기지 않는다.

"오 필멸할 운명들이여! 나는 아름답다, 돌의 꿈처럼."

스핑크스의 위엄과 완벽함의 엄격성, 대리석의 냉정함과 절대적 규범의 부동성을 가진, 딱딱하고 차가우면서도 웅장한 아름다움은 시인들로 하여금 그들의 생을 그러한 아름다움을 위해 소모할 수밖에 없도록 만든다. 그럼에도 불구하고, 시의 마지막 절이 암시하듯 생존과 죽음, 부동의 영원성인 아름다움은 여전히 시인들을 홀리는 미끼인 것이다.

"이 온순한 애인들을 홀리기 위해,
나는 모든 것을 한결 아름답게 하는 순수한 거울을 가졌기 때문이다,
그것은 나의 눈, 영원한 빛을 발하는 커다란 눈!"

따라서 아름다움은 악에 뿌리를 두지만 동시에 죽음을 이겨내는 힘을 가지고 있고, 이러한 아름다움을 섬기는 보들레르의 사랑은 이원적이고 분열되어 있을 것이다. 이를 통해 아름다움과 영원성의 필수적 관계에 대해 환상을 품는 시인의 능력이 재생된다. 그리고 이 영원성은 덧없는 사랑, 일시적 위안, 여타 모든 욕망의 고갈, 육체에 대한 싫증, 그리고 짐승의 잠에서 끌어오는 것이다.

# 결론

　삶도, 사랑도, 아름다움도 보들레르에게 행복을 가져다주지는 못했다. 이러한 현실은 저마다, 꿈꾸는 대상과 경험하는 대상, 갈망하는 대상과 성취한 대상, 날아오르는 대상과 다시 하강하는 대상으로 돌이킬수 없을 만큼 분리되어 있다. 그 틈을 메우고 완전함을 이루고자 했던시인의 열정은 현실 세계의 한계에 부딪혀 좌초되고 만다.

　보들레르는 확실히 불만족의 시인이자 분열의 시인이다. 도달할 수 없는 곳에 닿고자 하는 그의 필사적인 의지는, 모두가 도달할 수 있는 곳인 더럽고 비열한 세상에 스스로를 곧바로 다시 빠트린다. 바로 그곳에서 현실의 욕망은 고갈되고, 이상을 향한 충동이 다시 시작된다. 충동은본질적으로 시인의 삶과 작품에 나타나는 파동이다. 이는 반대의 충동과 불가분의 관계에 놓여있어 이원적이며, 시인 또한 그와 같이 이원적이다.

　플라톤(Platon)의 《향연(Le Banquet)》 속 아리스토파네스(Aristophane) 신화[20]에 등장하는 분열된 인간들과 마찬가지로, 보들레르는 스스로를 다시하나로 합치고 억누를 수 없는 그리움의 대상인 조화를 되찾으려고 필사적으로 애를 쓴다. 그러나 그가 아무리 끈질기게 "질서, 아름다움, 호화, 안정, 그리고 쾌락"을 꿈속에서 그린다 한들 화합은 영영 이루어지지않는다. 그 꿈은 잃어버린 천국의 이미지에나 존재할 뿐이다.

---

20　본래 인간은 머리 둘과 팔 넷, 다리 넷이 달려 있었는데 이들의 힘이 날로 강해지자 제우스는
　　인간을 반쪽으로 갈라버렸고, 이러한 이유 때문에 인간은 평생 자신의 반쪽을 찾아다닌다는
　　내용이다. 두 몸이 만나 다시 완전해지고자 하는 이 욕망으로 사랑(에로스)을 설명한다.

# 🗨 어휘 정리

### ◼ 카르페 디엠 (Carpe Diem)

라틴어로 '오늘을 잡아라'라는 말로, '현재의 순간을 즐기라'는 뜻이다.

### ◼ 헌사

작가가 어떤 이에게 책을 헌정하기 위해 책의 앞머리에 쓰는 짧은 글이다.

### ◼ 신화

어떤 사회의 맥락 안에서 인간 조건(인간이 놓여 있는 상황과 운명)의 여러 측면들 중 하나를 설명하는 허구적 이야기이다.

### ◼ 모순어법

반대되는 뜻을 가진 두 단어를 병치하는 표현상의 기교이다. (예: 무명의 저명인사)

### ◼ 수사학

말이나 글로 영향을 미치거나 사람들의 마음을 사로잡는 기술을 말한다. 수사학에는 우리가 습득하는 규율에 대한 함의가 있고, 따라서 관습적인 것에 대한 함의 또한 있다.

68쪽에서 〈시체〉에 관해 보들레르가 "롱사르의 수사학을 능가"한다고 말하는데, 이는 같은 주제를 다루는 둘의 유사점과 차이점에 대해 주의를 끌기 위한 것이다. 롱사르는 그의 유명한 시 〈애인에게(À sa maîtresse)〉(〈예쁜아, 보러 가자, 장미가 …(Mignonne, allons voir si la rose …)〉)에서 특히 장미와 젊은 여자의 싱그러움 같은 모든 생기의 숙명적인 쇠약을 그려냈다. 하지만 롱사르는 전통, 더 나아가 관습의 중심에 있기 때문에, 이미 알려신 방식을 동원한다는 함의가 담긴 '수사학'이라는 용어를 그에게 사용했다. 같은 문단의 뒷부분은 롱사르와 보들레르의 차이점을 설명한 것이다.

# 3장

# 문제-원인-해결형 개요

## 문제-원인-해결형 개요란 무엇인가?

**문제-원인-해결형** 개요는 일반 주제 논술[21]에 특히나 적합하다.

본론의 첫 번째 단락에서는 구체적인 사실, 수치, 유의미한 일화 등을 사용하여 문제를 잘 이해할 수 있게 해야 한다. 기자들이 종종 사용하는 이 방법은 독자들의 흥미를 끌고 그들의 머릿속에 궁금증을 불러일으키는 이점이 있어서 글을 더 읽고 싶게 만든다.

문제가 분명하게 제기된 후에는 그에 대한 설명이 필요하므로 문제의 원인을 다루는 단락이 이어진다. 종종 이 단락에서는 **직접적인 원인과 직접적이지는 않지만 본질적인 원인**을 구분해야 할 필요가 있다.

끝으로, 문제와 그 원인을 설명한 후에는 제기된 문제를 개선하기 위한 몇 가지 제안들이 마땅히 제시되어야 한다. 아픈 사람에게 약을 처방하듯이, 문제에 **해결책**을 제시하는 것이다.

해결책을 제시하는 단락에서는 78쪽의 예시처럼 주로 **기술적** 차

---

21    바칼로레아 이외에 공무원 시험 등 다른 분야의 논술로, 조금 더 열려 있는 주제를 다룬다.

원, **정책적** 차원, 그리고 **교육적** 차원의 해결책을 검토하게 된다.

정책적 차원의 해결책에서는 **규제**와 **예방**을 구분하는 것이 좋으며 이는 종종 단기적 해결책과 장기적 해결책을 구분하는 것으로 이어진다. 단기적 해결책은 규제의 영역에 속하는 반면, 장기적 해결책에서는 실천이 고취된 의식을 기반으로만 이루어지 때문에 교육을 통한 해결 방법을 검토할 것이 권장된다.

'문제-원인-해결'의 3요소는 각각 서로 다른 단락에 담겨 본론 전체의 뼈대를 만들 수도 있지만, 3요소가 본론의 각 단락 내에서 함께 다루어질 수도 있다.

# 상세 개요의 두 가지 예시

**논제 1**    환경 오염은 현대 사회의 필연적 현상 중 하나라고 생각하는가?

## 🗩 일러두기

이 경우에는 '필연'이라는 단어를 중심으로 변증법적 개요를 사용할 수도 있다. 그러나 문제-원인-해결형 개요를 사용하면 내용을 더 쉽게 조직할 수 있다.

## 서론

되돌릴 수 없는 환경 오염의 위험성에 대해 전 세계 생태학자들이 외치는 경고의 목소리는 환경 오염에 맞서 합의된 대책이 시급하다는 것을 보여준다. 인구통계학, 정치경제학, 공학 등 다양한 분야에서 차례차례 해결책을 내놓고 있지만 모두 효과를 내지 못하는 것으로 드러난다. 우리는 이 지점에서 환경 오염이 현대 사회의 필연적 현상 중 하나는 아닌지 자문하게 된다.

## 문제

문제 제기 단락에서는 여러 예시들을 통해 환경오염 현상을 보여준다. 글이 뒤죽박죽 쓰였다는 인상을 주지 않기 위해서는 예시들을 적절히 분류해야 한다. 다음은 내용 조직 방법의 예이다.

### › 오염 영역의 범위에 따른 분류

국지적 환경오염으로는 유조선의 석유 유출 사고, 공장의 유해 물질 배출 등이 있고, 국경을 넘나드는 환경오염 사례로는 체르노빌(Tchernobyl) 방사능 오염(1986)과 라인 강 오염 등이 있다. 마지막으로 전 세계적 환경 오염은 지구 전체와 관련되는 환경오염으로, 지구 전체온실효과의 증가와 이로 인한 걱정스러운 수준의 대기 온난화, 그리고 오존층 구멍으로 통과되는 유해 자외선 양의 증가 등이 그 예시이다.

### › 오염에 대한 사람들의 인지 정도에 따른 분류

질산염에 의한 지하수층의 오염과 같은 만성적 환경 오염은 눈에 잘 띄지 않으며 즉각적으로 지각할 수 없는 환경 오염이다. 이와 달리 일본 미나마타(Minamata) 수은 중독 사건, 지속적으로 발생하는 유조선의 석유 유출 사고, 이탈리아 세베소(Seveso)의 다이옥신 누출 사고(1976), 체르노빌(Thchernobyl) 방사능 오염, 혹은 인도 보팔(Bhopal) 가스 누출 사고(1984) 등의 생태학적 재난은 많은 사람들의 눈길을 끌고 그들 사이에서 강한 반향을 불러일으킨 환경 오염이다.

### › 오염 지속 시간에 따른 분류

영향력이 상대적으로 짧게 지속되는 환경오염과 매우 오랜 시간에 걸쳐 계속되는 환경오염을 구분할 수 있다. 핵폐기물은 후자의 예시인데, 수천 년 혹은 수백만 년 동안이나 그 위험성이 지속된다. 바다 깊은 곳에 버려지거나 좌초한 원자력 잠수함에 의해 궁극적으로 발생하게 되는 방사능 오염을 주목할 만하다.

중요한 것은 점진적으로 확장해나가는 식으로 내용을 조직하는 것이다. 예를 들어 국지적 환경오염에서 시작했다면 점차 그 범위를 넓혀 마지막에는 전 지구적 차원의 오염으로 마무리하는 것이다. 독자에게 강렬한 인상을 주면서 글을 끝내기 위해서는, 언제 올지 알 수 없는 재난을 상기시키고 돌이킬 수 없는 과정이 시작된다는 것 또한 환기해야 한다(하나뿐인 종의 파멸, 통제할 수 없는 연쇄적 과정의 개시).

## 원인

### › 인간과 자연의 단절

인간은 스스로 자연의 지배자가 되었고 자연을 단지 인간이 활동하는 무대로만 생각했다. 한정된 능력을 가지고 있어 생을 다할 수도 있는 지구에 살고 있다는 사실을 인간이 이해하기까지 얼마간의 시간이 걸릴 것이다.

### › 산업혁명

자연환경 개발은 자연의 균형을 무너뜨릴 정도로 가속화되었다.

### › 과도한 생산제일주의

인간은 수익성의 극대화를 추구하다보니 인간에게 본질적인 수많은 요소들을 등한시하게 되었다. 시간의 단축과 대량생산을 지향하면서 모든 것을 경제적 관점에서 바라보는 사회는 인간 행복에 필수적인 요소들을 무시한 것이다.

### › 학문 간의 불충분한 비견

경제학은 너무 많은 하위 분야[22]로 나누어져 있고 그 속에서 국민 총생산(PNB)[23]과 같은 경제학적 지표들은 과대평가된다. 이러한 지표들이 인간의 현재와 미래의 행복을 항상 잘 나타내는 것도 아닌데 말이다. 생물학, 공학, 사회학, 경제학 등 여러 학문 분야들이 서로 충분히 견주어지지 않는다.

### › 가속화된 도시화

도시화는 전 지구적으로 일어나는 현상인데, 도시화가 가속화되면서 불균형이 심화되었다.

### › 인구 폭증

환경 오염 문제에 대해 가장 우려하는 사람들은 '인구 폭탄'[24]에 대해 이야기한다. 그들은 환경 파괴에 영향을 미치는 핵심적이고도 매우 걱정스러운 원인이 바로 인구 폭증에 있다고 주장한다.

이와 같은 여러 원인들을 언급하면서도 특정 원인들을 강조할 수도 있는데, 이는 특히 해결책을 다루는 단락을 어떻게 구상하는지에 따라 달라질 것이다.

---

22   환경경제학, 교육경제학, 정보경제학, 노동경제학 등.

23   'Produit National Brut'의 약자로, 프랑스어로 국민 총생산을 의미한다  한국에서는 주로 'GNP(Gross National Product)'로 일컬어진다.

24   'bombe D', 'bombe P'. 'bombe'는 폭탄을 의미하는 프랑스어 단어이며 D와 P는 각각 인구라는 뜻을 지닌 단어 'Démographie'와 'Population'의 첫머리에서 따온 것이다.

# 해결책

### › 정책적 차원의 해결책

환경오염에는 법적 제제가 필요한데, 이는 사실상 국제적 성격을 띨 때에만 효과가 있을 것이다. 또한 환경오염을 유발한 사람들에게 세금을 부과하면 환경 보호와 관련 연구를 위한 자금을 확보할 수 있다.

### › 기술적 차원의 해결책

태양광, 풍력, 지열, 조력 등 무공해성 에너지를 이용하는 방법이 있다. 이외에도 정화 기지를 설치하거나 더 적은 물로 관개를 효과적으로 하는 정보 처리 기술을 도입할 수도 있다.

### › 학문적 차원의 해결책

인간과 관련된 문제에 학제적으로 접근하는 것을 중시해야 하며, 이를 위해서는 경제학이라는 학문에 의문을 제기해야 한다. 삶의 질과 같은 질적 측면과 현세대뿐만 아니라 미래 세대까지 고려하는 장기적 관점을 강조하면서 여러 학문을 아울러야 한다.

### › 교육적 차원의 해결책

생태학적 문제들에 대한 감수성을 키우기 위한 노력은 아이들의 교육 초기부터 시작되어야 한다. 그러나 문제를 의식하지 못하는 상태에서는 아무것도 이루어질 수 없으므로 환경 문제에 대한 성인들의 감수성을 길러주는 것도 중요하다. 이 분야도 정책적으로 접근할 수 있지만, 비영리 단체의 움직임이 아마 더 중요한 역할을 할 것이다.

# 결론

　환경오염은 현대 사회의 필연적인 현상이 아니다. 이는 위험성에 대한 잘못된 평가, 생산 제일주의로 가득 찬 사회의 대두, 경제 활동에 대한 부적절한 이해, 여러 학문의 분야 사이의 편협한 구분 짓기에서 비롯된 것이다. 어떤 사람들은 여기에 인구 급증을 추가하기도 한다. 환경을 되살리기 위한 노력의 필요성과 가능성은 모두가 느끼고 있다. 그러나 우리가 마주하고 있는 이 문제에는 국제적 조치가 필요하다는 생각이 점점 드러나고 있다. 전 지구적 차원에서만 그 해결책을 찾을 수 있는 이 생태학적 문제는 틀림없이 또 다른 문제를 마주하게 될 것이다. 그것은 바로 부유한 국가들과 제3세계 국가들 간에 벌어지는 격차이다.

# 문제

생태학적 위기가 환기됨에 따라 인본주의에 다시금 문제가 제기된다. 자연은 최고의 가치가 되고, 자연이 인간보다 중요해지면서 우리는 반인본주의의 입장에 놓이게 된다.

# 원인 (반인본주의가 등장한 원인)

- 일부 전투적 자연주의자들은 원리주의적 성향을 보인다.
- 주요 이데올로기들이 쇠퇴한 이후 대중에 호소할 수 있는 대의를 찾아야 했다.
- 신성(神聖)이 귀환하였다(자연이 신격화되었다).

# 해결책 (심층 생태주의에 대한 반대론)

- 심층 생태주의자들은 인본주의 특유의 인간 중심주의(인간을 모든 것의 중심에 놓는 태도)를 비판하면서도 인간의 감정을 자연에 부여한다는 모순에 다시 빠지게 된다.

- 심층 생태주의자들은 자연이 선하다는 생각(역시나 자연을 의인화한 생각이다)을 기반으로 하지만, 이는 실제 현실과 모순된다. 사이클론, 지진,

바이러스 또한 자연 속에 존재하기 때문이다.

해결책은 어느 한 쪽에도 과도하게 치우치지 않아야 한다. 자연은 이용되는 (가끔은 자연에 반(反)해야 할 때도 있다) 동시에 보호되어야 한다. 본래 산업 사회를 비판하는 운동이었던 생태주의는 새로운 인본주의의 시초가 되어 산업화 이후의 사회에 대한 비판 운동이 될 수 있다.

# 4장
# 목록형 개요

## 목록형 개요란 무엇인가?

　목록형 개요는 논술이, 해결해야 할 문제의 형태로 나타나지 않는 예외적인 경우에 해당한다. 하지만 이때에도 논술에서 가장 중요하게 요구되는 사항은 다르지 않다. 글을 점진적으로 전개하고 논증해야 할 필요가 있다는 것이다. 또한 글을 흥미롭게 만들기 위해서는 문제화를 하는 것도 종종 가능하다는 점을 알아두어야 한다.

　목록형 개요를 사용해 구성한 답안의 문제점은 언제나 동일하다. 수험생은 자신이 보기에 가장 흥미로운 내용으로 글을 시작하고는 더 이상 쓸 내용이 없어지면 여백 채우기 식으로 글을 마친다. 그럼 채점자는 글의 앞부분에 매료되었다가도 끝부분에 가서는 실망을 금치 못하게 된다. 이와는 완전히 반대로 해야 한다. 극작품에서처럼, 흥미를 고조시키기 위해 제일 좋은 내용은 마지막을 위해 아껴둬야 한다.

# 논제 제대로 읽기

**논제** 좋은 소설(roman)[25]을 읽음으로써 우리가 얻을 수 있는 즐거움(plaisirs)과 이점(profits)은 무엇이라고 생각하는가?

위 논제는 일반적인 독서가 아닌 **소설** 읽기에 관한 것이다. 극작품에서 예시를 가져온다면 논제에서 벗어난 글을 쓰게 될 것이다.

**단편 소설**(nouvelle)을 암시하고 싶다면, 글이 장편 소설 장르에서 벗어나지 않았다는 것을 보여주면서 선택한 단편 소설에 대한 정당성을 입증해야 한다.

게다가 논제는 일반적인 소설 읽기가 아닌 **좋은 소설** 읽기에 관한 것이다. 그러므로 본론의 특정 부분에서 좋은 소설이란 무엇을 의미하는지 명확하게 설명해야 하며, 이는 문제의식을 이끌어내는 방법이 될 것이다. 이러한 전개로 글을 시작해 위 질문에 대한 답을 글의 앞에 놓지는 않기로 한다.

---

25 'roman'은 장편 소설을 지칭하는데, 해당 장에서는 편의상 장편 소설을 '소설'로 표기하고 'nouvelle'만 '단편 소설'로 표기했다.

# 개요 구성하기

## 🗊 단락 간의 순서

  항목을 열거하는 데서 오는 지루함을 피하기 위해 목록형 개요에서는 항상 내용을 분류해야 한다.

  위의 경우에는, 논제의 내용 자체가 독서의 **즐거움**과 **이점**에 대해 이야기하고 있어 그에 따른 분류를 암시하고 있다. 여기서 이 두 항목을 어떤 순서로 검토해야 하는지에 대한 문제가 남는데, 모든 것은 우리가 도달하고자 하는 결론에 따라 달라질 것이다.

  두 번째 단락에 배치해야 하는 것은 둘 중 더 중요하다고 생각되는 요소이다. 독서의 교육적 역할을 가장 중요시하는 사람이라면 그 점으로 본론을 마무리 지을 것이다. 반대로 독서가 주는 즐거움을 우선시해야 한다고 주장하고자 하는 사람은 그러한 측면으로 본론을 마무리 지을 것이다. 후자의 방식은 상대적으로 역설적이기는 하지만 그래도 수용 가능하다.


## 🗊 단락 내부의 순서

  단락 내부에서도 내용을 뒤죽박죽으로 제시하는 것을 피해야 한다. 소설 읽기의 이점으로 언어 능력의 향상 가능성에 관한 논거를 제시할 수는 있지만, 이것이 소설 읽기에 고유한 이점은 아니기 때문에 핵심적인 논거라고 할 수 없다. 그러므로 소설이라는 장르에 더욱 특별히 부합하는 논거들을 작성할 공간을 뒤에 남겨두기 위해 이 논거는 단락의 초반부에서 간략히 제시하는 것이 좋다.

## 🗇 일반적인 논거 피하기

위에 제시된 유형의 논제는 종종 진부한 내용들을 쌓아올린 글로 이어질 수 있다. 이를 피할 수 있는 유일한 방법은, 문학에 대한 자신의 실제 이해방식을 보여주는 개인적 경험에 근거하는 것이다. 이와 같은 개인적 측면은 당연히 모범 답안에서는 찾아볼 수 없을 것이다.

## 🗇 자주 하는 실수

채점자들은 자신이 마주칠 주요한 실수들을 미리 알고 있는 경우가 많다. 위와 같은 종류의 논제에서 수험생들은 자신이 읽은 책에 대해서 이야기해야 하기 때문에 책의 내용 요약에 많은 줄을 할애하는 일이 매우 흔하다. 주어진 문제에 답을 해야 하는데, 이 경우에는 그저 답안지의 분량만 쉽게 채우고 있는 것이다. 지원자는 책을 읽음으로써 얻은 효과를 분석해야 한다. 수년 전에 읽은, 심지어 줄거리를 잊어버렸을지도 모르는 소설이 남기고 간 자취와 같이, 그 효과는 우리 안에 아주 잘 남아있을 것이다.

# 상세 개요 예시

## 서론

　모든 사람들이 독서를 옹호하는 것은 아니다. 루소(Rousseau)는 독서가 알지도 못하는 것에 대해 떠들어대는 법을 가르친다며 비난했고, 발레리 라르보(Valery Larbaud)는 "벌 받지 않은 악"에 대해 말하듯이 독서에 대해 이야기했다. 이러한 비난은 특히 소설을 향한 것이었다. 오랫동안 신학자들은 소설이 악을 발견케 하고 신에게 바친 겸허한 삶으로부터 눈을 돌리게 하는 해로운 장르라고 보았다. 심지어 《돈키호테(Don Quixote)》 또는 《마담 보바리(Madame Bovary)》와 같은 소설에서는 소설 읽는 사람들을 풍자하기까지 한다. 그러나 이는 소설 자체에 대한 비난이라기보다는 소설을 지나치게 많이 읽는 것에 대한 비난인데, 이러한 비난을 선뜻 인정하기는 어렵다. 오히려 '책을 읽는 것, 특히 좋은 소설을 읽는 것은 인류의 성숙과 행복에 필수불가결한 요소이지 않은가?'라는 질문이 제기된다.

## I. 즐거움

### › 현실로부터의 도피 가능성

　문학은 우리를 종종 실망시키는 현실을 떠나 환상의 세계에 도달하게 해준다. 이것이 책임을 피하는 방식의 회피 행위일 수 있음을 시인하면서도, 이러한 도피와 기분전환의 욕구가 인간의 본질적인 열망 중 하나라는 점을 인정해야 한다. 우리는 현실의 걱정을 잊고 그 자리를 소설 속 인물들이 가지고 있는 가상의 걱정으로 대체하게 되는데, 이러한 상황의 역설적 성격에 주목해보는 것도 가능하다.

- **다른 시간으로의 도피**

  역사 소설을 통해 과거로 이동하거나 공상 과학 소설을 통해 미래로 이동한다.

- **다른 공간으로의 도피**

  이국적인 문학, 혹은 단순히 외국 작가의 문학 작품을 읽는 것만으로도 낯선 곳을 방문하는 듯한 느낌을 받는다.

- **다른 계층으로의 도피**

  상류층의 환경에서 꿈을 꾸거나 이와 반대로 수상하고 불결한 환경을 마주할 수 있다.

- **다른 등장인물과의 동일시를 통한 자기 자신으로부터의 도피**

  비범한 인물과 자신을 동일시하면서 소소한 기쁨을 누릴 수 있다. 만약 등장인물이 독자의 인격 형성에 기여하는 모델이 된다면, 이는 뒤에서 다룰 소설의 교육적 역할과도 관련된다.

## › **타인과의 만남**

현실에서 친절하고 흥미로운 사람들을 만날 때 경험하는 즐거움과 동일한 즐거움을 얻을 수 있다. 줄리앙 소렐(Julien Sorel)[26]과 같은 소설 속 인물이 실제로 알고 지내는 사람들보다 더 현실적인 인물이 될 수 있고, 형제나 친구도 될 수 있다.

-------------------------------------------------------------

26 　스탕달(Stendhal)의 소설 《적과 흑(Le Rouge et le Noir)》에 등장하는, 왕정복고 시기의 가난하지만 능력 있는 젊은이로, 위선과 타산으로 출세가도를 타다가 결국 몰락하고 만다.

### › 아름다움(美)과의 만남

이 부분은 미적 즐거움의 영역이다. 미적 황홀감은 부차티(Buzzati)의 《괴로운 밤(Le notti difficili)》 속 단편 소설 〈레코더(Il registratore)〉와 같은 한 쪽의 아름다운 글에서도, 프루스트(Proust)의 《잃어버린 시간을 찾아서(À la recherche du temps perdu)》와 같이 여러 편에 걸친 소설 전체에서도 경험할 수 있다.

클로델(Claudel)은 미적 즐거움보다는 미적 기쁨(joie)이라는 말을 써야 한다고 말했다. '즐거움'이라는 말이 보다 표상적인 행위를 암시하는 데 반해, 소설을 읽을 때 나타나는 효과는 심층적이라는 것을 나타내고자 한 것이다. 서론의 마지막 문장에 '행복'이라는 단어가 사용된 이유가 바로 여기에 있다. '행복' 또한 같은 이유로 '즐거움'이라는 단어와 대비되기 때문이다.

## II. 이점

고전 문학가들의 대원칙은 "즐거움을 주고 가르침을 주는 것"이었다. 따라서 그들에 의하면 위대한 작품은 즐거움을 주는 것에만 한정되지 않아야 한다. 좋은 소설은 지적 성숙의 원천까지도 되어야 한다는 믿음은 오늘날에도 여전하다.

### › 언어 능력의 향상

언어 능력 향상에 대한 문제는 빠르게 넘어가거나 생략할 수도 있다. 물론 이 부분과 관련한 소설의 특수성을 짚어주고자 하는 경우는 제외한다.

### › 자기 이해 심화

소설 속 작가의 심리 분석은 우리 스스로를 더 잘 알 수 있게 해준다. 막연하게 느꼈던 부분이 명확한 단어로 표현된 것을 보면서, 독자는 종종 놀라움과 어떠한 만족감을 경험하게 된다. 이러한 감정을 느꼈던 구체적 사례를 떠올려보자.

### › 타인에 대한 이해 심화

작가의 심리 분석은 타인의 마음속에서 일어나는 일 또한 잘 이해할 수 있게 해줌으로써 사람들과의 관계에 도움을 준다.

> "(…) 사람들이 자신의 마음을 더 명확히 들여다보고, 서로에게 더 많은 이해심과 동정심을 보여주는 덕분에 이상적인 세계가 만들어지는 것이다."(프랑수아 모리아크(François Mauriac), 《소설가와 작중인물(Le Romancier et ses personnages)》)

### › 다른 세계에 대한 이해

더 이상 소설 읽기를 통해 단순히 자기 자신이 속한 환경을 잊어버리는 것이 아니다. 인간의 다양성을 발견하면서 성장하고, 소설을 읽지 않았다면 줄곧 들어가지 못했을 환경 속으로 파고듦으로써 자신의 경험을 확장하는 것이다. 이는 자신의 세계에 대한 편협한 애착심에서 벗어나고, 표면상의 다양성 속에서 항구성 또한 발견할 수 있게 한다.

바로 이 지점에서부터 좋은 소설이란 무엇인지를 명확히 할 수 있을 것이다. 많은 이국정취의 문학들이 다른 세계를 외부자적 시선으로만 바라보고, 편견을 가진 채 그 세계를 일종의 동물원으로 취급한다. 피에르 로티(Pierre Loti)의 소설은 《국화 부인(Madame Chrysanthème)》이든 《아프리카 기병 소설(Roman d'un spahi)》이든 모두 그러한 예이다. 이러한 소설은 사람들 간의 상호 이해에 기여하는 바가 전혀 없으며, 오히려 인종 차별의 요인이 된다.

반대로 작가가 자신이 마주하는 사람들의 입장이 되어보고자 노력한다면 사정은 달라진다. 빅토르 스갈랑(Victor Segalen)의 《태곳적 사람들(Les Immémoriaux)》이 그 경우에 해당한다. 그는 타히티에 머물렀을 때의 경험으로부터 영감을 얻었다. 작가 스스로가 소설에 등장하는 민족 출신일 때 내부자적 시선을 통해 사람들을 바라보는 것이 용이해진다. 그래서 치누아 아체베(Chinua Achebe)는 《모든 것이 산산이 부서지다(Le monde s'effondre)》(출판사: Présence africaine)에서 우리를 이보(Ibo)[27] 공동체 한가운데에 데려다 놓음으로써, 그 공동체가 영국 식민 지배의 영향 아래에서 겪은 혼란을 그려낸다.


## 결론

약도 지나치면 독이 되듯이 소설을 읽는 것 또한 독이 될 수 있다. 이는 자칫 현실과의 단절로 이어질 수 있기 때문이다. 그러나 이것만으로는 소설 읽는 것을 비난할 수 없다. 소설 읽기는 즐거움의 진정한 원천이 되어줄 수도 있고 인격 형성에 기여할 수도 있다. 좋은 소설은 아마도 이 두 요소가 맞닿아있는 소설일 것이다. 좋은 소설은 우리를 즐겁게 해줄

---

27  나이지리아의 동부 지역에서 분리 독립을 선언하면서 이보(Ibo)족을 주체로 수립된 국가가 비아프라(Biafra)이다. 비아프라 공화국은 1967년 5월 30일부터 1970년 1월 15일까지 존립했다.

뿐만 아니라 우리를 둘러싸고 있는 세상을 더 잘 이해하고 그로 인해 세상의 풍부함을 더 잘 인식할 수 있게 해준다는 점에서 삶을 더 잘 살게끔 만든다.

## 문학 논술에의 적용

이와 유사한 논제는 교육 과정에 포함된 작품에 대해서도 물론 출제될 수 있다. 그때는 위에서 보았던 상세 개요 예시의 여러 요소들이 활용될 수 있을 것이다.

**좋은** 소설의 개념을 분명히 하려면, 독자의 표상에 스며드는 소설(독자가 문학을 **형성**하는 경우)과 이러한 독자의 표상을 새롭게 만드는 소설(문학이 독자를 **형성**하는 경우)을 구분할 수도 있었을 것이다. 예를 들어 아를르캥(Harlequin) 시리즈와 같은 로맨스 소설들은 요구르트나 세숫비누처럼 대상 독자의 입맛에 맞게 "제작된" 것이기 때문에, 빨리 읽히는 만큼 빨리 잊힌다. 반대로 플로베르(Flaubert)[28], 스탕달(Stendhal) 또는 프루스트[29]의 작품과 같이 오래도록 기억되는 소설들은 독자에게 영향을 미친다. 그러한 소설들은 독자의 감수성을 따라가기보다 그것을 만드는 데 기여한다는 점에서 독자를 **형성**한다. 같은 맥락에서, 소설을 별로

---

28　귀스타프 플로베르(Gustave Flaubert, 1812~1880)는 프랑스의 소설가로, 대표적인 저서는 《보바리 부인》, 《감정 교육》, 《세 개의 우화》 등이 있다. 파리에서 법학을 공부하다 신경질환으로 인해 고향 루앙 지방으로 돌아온 그는 십자가의 고행에 비유되는 글쓰기에 전념했다. 작품에 있어서는 개인의 감정이나 주관을 뛰어넘은 객관적 창작 태도를 강조했다. 또한 사실주의 소설의 창시자로서 구조주의에 이르는 현대 예술 사조를 이끌어낸 인물로, 동시대의 작가에게 큰 영향을 미쳤다.

29　마르셀 프루스트(Marcel Proust, 1871~1922)는 프랑스의 소설가로, 대표적인 저서는 대작 《잃어버린 시간을 찾아서》 등이 있다. 부유한 집안에서 태어나 자랐으나 9살 때부터 앓기 시작한 천식으로 평생 고통 받는다. 아버지의 고향 이리에, 여름휴가철에 갔던 노르망디의 해변, 파리의 샹젤리제는 작가의 유년기 경험을 쌓은 곳으로 후에 《잃어버린 시간을 찾아서》의 배경을 이룬다. 그는 이 작품에서 무의식적 기억의 도움을 받아 과거가 예술 속에서 회복되고 보존될 수 있는 방법에 대해 탐구한다. 시공간의 장벽을 예술 속에 무너뜨린 그의 방법은 20세기 문학에서 획기적인 영향력 중 하나였다.

좋아하지 않았던 앙드레 브르통(André Breton)은 사람들이 여행하면서 읽는 작품과 사람들을 여행하게 만드는 작품을 구분하였다.

## 발표, 질문, 논설문 분석에의 적용

목록형 개요는 일반 상식에 대한 구술시험 혹은 논설문 분석 글쓰기에도 사용할 수 있다. 예를 들어 '환경 문제에 대한 해결책'이라는 논제를 가정해보자. 시간이 촉박하면 위에서 제시한 것과 같은 진정한 논술을 구성하기 어렵다. 따라서 빠르게 글의 구도를 빠르게 잡은 후 **해결책**에 몰두해야 한다. 그러나 이때에도 글이 뒤죽박죽 쓰였다는 인상을 주지 않기 위해서는 분류의 방법을 사용하고 점진적으로 글을 전개해야 한다.

# 5장
# 비교형 개요

## 비교형 개요란 무엇인가?

비교형 개요는 예전에 많이 사용되곤 했다. 예를 들어 라신(Racine)과 코르네유(Corneille)[30], 볼테르(Voltaire)와 루소(Rousseau), 혹은 17세기 고전주의와 19세기 낭만주의를 비교하는 논제들이 출제되었다. 오늘날 문학 논술에서는 이와 같이 대상들을 비교해야 하는 경우가 거의 없다. 반면, 일반 주제 논술에서는 비교형 개요가 종종 유용하게 쓰인다. 이러한 방법은 짧은 글을 전개할 때에도 활력을 줄 수 있다.

이러한 형식의 개요에서는 서로 다른 사실이나 개념의 비교를 통해 성찰을 이끌어낸다. 다음 두 가지 방식으로 글을 전개할 수 있다.

### 🔲 단락 간 비교

두 유형의 폭력을 비교한다고 가정해보자. 하나는 가시적으로 누

---

30  피에르 코르네유(Pierre Corneille, 1606~1684)는 프랑스의 극작가로, 라신, 몰리에르와 함께 17세기 프랑스 고전주의를 대표하는 인물이다. 대표작으로는 《르 시드》와 《오라스》, 《거짓말쟁이》 등이 있으며, 그중 《오라스》는 프랑스 고전극의 기초가 된 작품으로 평가받는다.

군가를 다치게 하고 죽이는 공공연한 폭력이고, 다른 하나는 누군가를 다치게 하고 심지어는 죽일 수도 있지만 그 방식이 간접적이고 즉각적으로 눈에 보이지 않는 감춰진 폭력이다. 첫 번째 단락에서 공공연한 폭력을, 두 번째 단락에서 감춰진 폭력을 다룬 뒤, 세 번째 단락에서는 이 둘을 비교한 결과를 이끌어낸다.

### 🔲 단락 내 비교

위와 동일한 주제를 다른 방식으로 전개할 수도 있다. 본론의 여러 단락에서 각각 대상을 비교하는 것이다. 정의든, 현상 묘사든, 예시 분석이든, 각 측면에서의 비교를 서로 다른 단락에 배치하고, 마지막 단락에는 그로부터 이끌어낸 결과를 서술할 수 있다. 이와 같은 비교는 답안 전반에 걸쳐 이루어진다. 단락 내 비교의 방식을 보여주는 상세 예시는 위와 동일한 주제를 적용하여 97쪽에서 살펴볼 것이다.

## 단락 간 비교 예시

다음의 예시는 프랑수아 드 클로제(François de Closets)의 《그리고 행복(Le bonheur en plus)》이라는 책에서 발췌한 내용이다.

비교형 개요가 사용된 이 예시는 우리가 앞에서 '단락 간 비교'라고 칭한 방법에 따라 전개된다.

본론은 다음과 같이 세 단계로 구성된다.

1) 첫 번째 비교 항목

2) 두 번째 비교 항목

3) 앞 두 단락에서 제시된 요소들을 대조함으로써 이끌어낸 성찰

### › 경주용 자동차(F1)의 모터 제작

작가는 이 작업에 투입되는 비용과 그것이 받는 후원을 강조한다. 그러나 결과적으로 이 제작 작업은 오로지 선수 혹은 후원자의 명성을 위한 것이다.

### › 제3세계를 위한 펌프 제작

이는 직접적으로 도움이 되는 기획이다. 이 펌프는 태양열 에너지로 작동하며, 가뭄으로 고통 받는 나라들에 물을 공급해줄 것이다. 그러나 앞의 경우와는 반대로, 이를 제작하기 위한 자금이 부족하다. 행정 당국이 이에 대해 어떠한 관심도 보이지 않기 때문이다.

### › 비교에서 이끌어낸 성찰

결론은 거의 비교 과정 그 자체에서 도출되지만, 이를 명확히 진술하는 것이 좋다. 경주용 자동차의 모터 제작과 제3세계를 위한 펌프 제작을 비교함으로써 우리 사회에서 행해지는 중요한 선택들에 의문을 제기할 수 있다.

# 단락 내 비교 예시

앞서 살펴본 단락 간 비교의 방식은 상대적으로 짧은 글에는 적합하지만, 길이가 긴 본론에 적용하면 때때로 부자연스러울 수 있다. 이러한 경우에 각 단락 내에서 두 대상을 번갈아 가며 본론 전반에 걸쳐 비교하는 것이 바람직하다.

다음은 장 마리 도므나크(Jean-Marie Domenach)가 제시한 **공공연한 폭력**과 **감춰진 폭력** 간의 비교하는 개요의 예시이다.

이 주제를 분석할 때 작가의 말을 꽤 많이 인용하게 될 것이다. 그만큼 긴 인용문들을 기억해두어야 한다는 뜻은 아니다. 단지 분명하고 명확한 진술로 된 예시를 보여주고자 한 것이다.


## ⬡ 두 가지 폭력에 대한 정의와 묘사

### › 두 가지 폭력

두 유형의 폭력은 서로 대조된다. 공공연한 폭력(내민 주먹이나 전쟁으로 인한 파괴 등의 폭력)은 그것을 처벌하기 위한 합의가 빠르게 이루어지는 반면, 감추어진 폭력(관습, 질서, 살롱 정치, 관료들의 익명성 뒤에 숨겨지는 폭력)은 간과된다는 사실을 확인할 수 있다.

### › 두 가지 폭력에 대한 상반된 묘사

작가는 무질서의 폭력과 질서의 폭력이라는 두 가지 폭력을 구체적으로 그려내는 동시에 그 둘 사이에 존재하는 연관성을 보여준다.

"첫 번째 것은 그 목적이 분명하게 드러나며, 어떤 면에서는 그에 대한 책임이 지워진다. 반면 두 번째 것은 무기나 군대 등의 가시적인 지원 없이 숨겨진 채로 다가온다. 법과 말, 도덕 속에 스며들어 있는 이 폭력은 이에 억압받는 이들을 폭력의 진범으로 보이도록 몰아넣는다. 가장 먼저 공공연하게 그 폭력의 힘을 빌려야만 하는 이들이 바로 그들이기 때문이다."

## 🗁 두 폭력의 협력

공공연한 폭력은 감춰진 폭력의 협력이 있어야만 가능하다. 사회 질서와 안전을 이용해 사람들의 환심을 삼으로써 자신의 지위를 상승시킨 히틀러(Hitler)를 그 예로 들 수 있다.

## 🗁 예시 분석

우리 사회에 존재하는 감춰진 폭력이 너무나 강력한 나머지 우리는 때때로 "과거의 폭력적 관습들을 반성하게" 된다. 작가는 그 예로 독자에게, 대도시 주변의 가장 못 사는 동네로 콩코르드 광장을(따라서 공공연하게) 옮긴다면 어떤 일이 발생할지 상상해보라고 한다. 행정 절차들이 글을 읽을 줄 모르는 사람에게는 가혹한 장벽으로 느껴진다는 것도 생각해볼 수 있다. 또한 발자크(Balzac)가 이야기한 빚의 굴레[31]에 대해 생각해볼 수도 있다. 발자크(Balzac)가 이미 기술한, 채무자를 짓누르는 빚의 메커니즘에 대해서도 생각해보자. 이는 개인적 상

---

31  20대 때 시도한 인쇄업의 실패로 발자크는 평생 빚에 시달렸다.

황의 문제일 수도 있지만 제3세계의 부채 문제에도 동일하게 적용된다. 이러한 재정적 메커니즘은 감춰진 폭력에 해당하지만 공공연한 폭력으로 나아갈 수도 있을 것이다.

## 🔲 비교를 통해 도출한 결론

이와 같은 비교를 통해 비폭력주의의 한계가 도출된다. 공공연한 폭력의 거부를 주장하는 비폭력주의는 받아들일 만한 해결책이 아니다.

> "하지만 비폭력주의는 인생의 규범과 절대적 원리로 간주되어, 결국 비폭력주의자들을 분리시키게 되고, 현실을 떠나 고립된 불가능의 세계로 도피하게 하는, 즉 모든 운명을 피하게 하는 비현실적 운명 속에 그들을 가두게 된다. 이러한 딜레마에는 빈틈이 없다. 사람들을 떠나거나 자신의 운명을 받아들여야 하는데, 인간으로서의 운명을 받아들인다면 필연적으로 폭력적일 수밖에 없을 것이다. 불의에 맞서 싸우지 않으면서 불의를 고발하는 것은 스스로를 가장 위선적인 위치에 두는 것이기 때문이다."

### › **사용된 개요**

1. 두 가지 폭력에 대한 정의와 묘사
2. (앞에서 언급된 차이점에도 불구하고 일어나는) 두 폭력의 협력
3. 예시 분석
4. 두 가지 폭력의 비교를 통해 도출한 결론

계속해서 비교에 근거하면서도, 전개는 문제-원인-해결형 개요(72쪽)와 크게 다르지 않음을 확인할 수 있다.

# 비교형 논제 예시

다음은 본론을 구성할 수 있는 대립 쌍들의 몇 가지 예시이다.

- 인격 형성에 있어서 독서와 여행
- 구두(口頭)와 기술(記述)
- 소설가와 역사가
- 소설과 전기(傳記)
- 창작에 있어서 타고난 재능과 훈련의 상대적 중요성
- 창작과 제작
- 표절과 독창적 모방

뒤에 179쪽에서 다뤄지는 것과 같은 스포츠 관련 논제는 "이상적" 스포츠와 현실적인 스포츠 사이의 대립으로 구성될 수 있다. 전자는 본래 구상되었던 그대로의 스포츠이고, 후자는 사실상 본래 구상했던 바의 정반대에 위치해 있는 것이다.

# 6장
# 논제 설명-예증 및 논평형 개요

## 설명 및 논평하기

> **논제**
>
> "인간이라는 것은 곧 책임을 지는 것이다. 이는 자신의 소관이 아닌 것처럼 보였던 불행 앞에서 부끄러움을 느끼는 것이다. 이는 동료들이 거둔 승리를 자랑스러워하는 것이다. 이는 자신의 돌을 쌓아 올리며 세상을 구축하는 데 기여하고 있음을 느끼는 것이다."
>
> 생텍쥐페리(Saint-Exupéry)[32]가 제시한 위의 정의가 어떤 점에서 자신의 개인적 경험과 맞닿아 있는지를 나타내면서 그 정의에 대해 면밀히 검토하시오.

--------

32  앙투안 드 생텍쥐페리(Antoine de Saint-Exupéry, 1900~1944)는 프랑스의 소설가로, 《어린왕자》, 《인간의 대지》, 《야간비행》 등 대중에게 잘 알려진 작품들을 여럿 집필하였다. 논제에 인용된 문구는 《인간의 대지》에 등장하는 것으로, 작가는 작품 전반에 걸쳐 진정한 삶의 의미란 개별적인 인간 존재가 아니라, 이들이 서로 이루고 있는 정신적 유대에 있음을 드러낸다.

## 🗂 일러두기

### › 논제의 요구사항

응시자가 인용문을 설명하고("면밀히 검토하시오"), 자신만의 경험과 연결 지어 논평해야 한다는 것("어떤 점에서 자신의 경험과 맞닿아 있는지를 나타내면서")이 논제에 드러나 있다.

### › 문맥

"인간이라는 것은 곧 책임을 지는 것이다."는 자주 인용되는 문구로, 생텍쥐페리의 소설 《인간의 대지(Terre des hommes)》(1939)에 등장한다.

출제자가 논제에 해당 인용문의 문맥(특정 텍스트의 앞뒤에 위치하는 텍스트)을 제공해주었다는 점을 알 수 있다. 문맥은 논평할 때 중요한 두 축(불행 앞에서의 부끄러움, 승리에 대한 자랑스러움)을 제시해주기 때문에 답안을 작성하는 데 큰 도움이 된다.


다음 글은 20점 만점에 18점을 받은 바칼로레아 수험생 아니 플레(Annie Plet)가 작성한 답안이다. 수험생의 글이 게재된 신문 피가로(Figaro littéraire)와 수험생 본인의 동의를 받아 답안을 수록한다.

# 수험생 모범 답안

일반적으로 책임이라는 개념은 우리의 행동과 그 행동의 의미 및 영향력에 대한 단순한 인식을 뜻한다. 즉, 개인적 차원의 가치인 것이다. 그러나 생텍쥐페리는 이러한 의미를 매우 확장했다. 인간이라는 존재는 각자가 자신의 위치와 역할을 지키며, 인류 전체를 이루는 일부분으로서 인류의 고통과 진보를 인식하기도 하지 않는가?

처음에는 책임에 대한 생텍쥐페리의 정의가 역설적으로 보인다. "자신의 소관이 아닌 것처럼 보였던 불행 앞에서 부끄러움을 느끼는 것"은 자신이 무엇도 할 수 없는 곳, 자신이 개입되지 않은 곳, 자신의 그 어느 부분과도 연관되지 않은 곳에서 어떻게 해서라도 책임을 지려는 것이지 않은가?

그러나 생텍쥐페리에 따르면 자신이 무엇도 할 수 없다는 것은 표면상의 이유에 불과하며, 스스로에게 하는 변명뿐일지도 모른다. 이런 식으로 불편한 걱정거리에서 벗어나는 것은 너무나도 쉽다. 사람들이 가슴 아픈 소식을 접한 후에 다음과 같이 짧고 가벼운 문장으로 말을 끝맺는 것을 우리는 얼마나 많이 보았는가. "어쩌겠어요, 우리가 해줄 수 있는 게 아무것도 없네요."

단편 소설 〈절망은 죽었다(Désespoir est mort)〉에서 베르코르(Vercors)는 바로 이러한 타인의 고통에 대한 무관심에 항의한다. 재앙은 우리에게 친숙한 세계 가까이에 있어야만 진정으로 와 닿는다. 겨우 바다 하나 떨어진 곳에서 일어난 재앙이라고 해도 그것은 남의 일이 되어 버려, 우리는 그저 막연한 동정심을 가지고 뉴스에 귀 기울일 뿐이다.

생텍쥐페리가 요구하는 것은 단순히 측은히 여기는 동정심 자체만이 아니다. 타인의 불행 앞에서 감응하는 것만으로는 충분하지 않다. 그에 따르면 고통을 겪는 이들과 소통해야 하고, 심지어 "부끄러움을 느껴야" 한다. 이 부끄러움이란 친구의 불행을 들을 때 항상 일시적인 관심만을 가지는 것, 다른 이가 울며 죽어가고 있을 때에도 계속 웃고 살아가는 것에 대한 부끄러움이다.

비니는 낭만주의에서 스스로 위안 삼던 것들 중 하나를 부인하면서(항상 존재하는 유일 신성을 믿고, 자비로운 자연을 숭배하며) 도덕적인 위기를 겪었다. 이후 비니는 생텍쥐페리 이전에 이미, 모든 악(惡)에 함께해야 할 필요를 느꼈다. 그는 다음과 같은 말을 남겼다. "나는 인간 고통의 존엄성을 좋아한다." 그러나 생텍쥐페리는 이보다도 더 많은 것을 요구한다. 예컨대 "인간이라는 것은 곧 책임을 지는 것"이라는 말을 이해하게 되는 때는 근사한 저녁 식사가 준비되어 있는 집으로 돌아가는 길에 세계 기아 퇴치 캠페인 포스터 앞을 지나가게 되는 순간이 아닐까?

생텍쥐페리는 인간 책임의 고통스러운 측면을 제시하는 데 그치지 않고, 그와 반대되는 주제에 대해서도 논의한다. 동료의 고통을 함께한다면, 우리는 그들의 기쁨, "승리" 또한 함께하는 것이다. 우리는 어떤 사람이 인간의 한계를 넘어서는 데 성공하여 우리의 가능성을 확장할 때, 그 사람이 누구든지 간에 자연스럽게 긍지를 느낄 수도 있다.

"동료들이 거둔 승리"에 대해 느끼는 이러한 긍지는 개인적 자존심, 옹졸한 질투, 시기, 다른 이가 무언가를 자신보다 더 잘 해내는 것을 볼 때 느끼는 분함에 대한 부정을 전제로 한다. 더 이상 경쟁심과 경합이 지배하는 것이 아니라, 반대로 공동체 의식이 완숙하는 것이다. 자신이 뒤에서 묵묵히 정비한 비행기를 운전한 조종사가 마침내 신기록을 세웠을 때 기계공이 느끼는 기쁨과, 자기 자신의 연구실에서 이뤄낸 성과는 아닐지라도 무명인 자신 역시 그에 기여했다고 생각하는 조수가 느끼는 기쁨도 이에 포함된다.

비록 승리한 편이 상대 팀일지라도, 비록 우리나라가 실패한 곳에서

2부 개요의 유형

다른 나라가 성공할지라도 우리는 긍지를 느낄 수 있다. 생텍쥐페리에 의하면, 형제가 되는 것은 단순히 서로 마주보는 것이 아니라 같은 방향을 함께 바라보는 것을 의미한다.

따라서 이처럼 각자는 인류 전체의 진보에 동참한다. 공동의 업적에 각자의 기여가 있는 것이다. 그러나 생텍쥐페리는 널리 알려진 승리를 이뤄 낸 사람들의 이야기에만 귀를 기울인 것은 아니다. 그는 《성채(Citadelle)》에서 설명하듯, 금장 가죽신 제작에 최선을 다하는 비천한 구두 수선공 혹은 수공업자 또한 포괄한다. 비록 건물을 지으려고 가져온 돌이 조약돌 하나의 크기에 불과할지라도 그것 또한 하나의 기여인 것이다.

《인간의 대지》의 저자는 이러한 점에서 행복을 이해하게 된다. 이는 더 이상, 몽테뉴가 "인간은 남에게는 자신을 빌려줄 뿐이다. 인간은 스스로에게만 온전히 자기 자신을 내어준다."라고 말했던 것처럼 편협 혹은 남을 불신하는 개인주의에 바탕을 두지 않는다. 이러한 행복은 더욱 확장된 행복이다. 기계화로 인해 때때로 인간을 억누르는 것 같아 보이는 사회 속에서 인간이 고립에 맞서 싸워야 하는 20세기에 상응하는 행복이다. 인간은 이제 자기 자신에 대한 의무뿐만 아니라 무엇보다도 타인에 대한 의무를 가지게 되었다.

고독과 실향의 비애에 맞설 수 있는 유일한 무기는 바로 이러한 넓고 깊은 동지애일 것이다. 아마도 샤토브리앙(Chateaubriand)의 《르네(René)》, 카뮈(Camus)의 《이방인(L'étranger)》, 그리고 카프카(Kafka)의 《소송(Der Prozess)》에 등장하는 주인공들에게 부족한 것이 바로 이것일 것이다. 이는 "타인은 지옥이다."라는 사르트르(Sartre)[33]의 말에 대한 통찰력 있는

---

[33] 장 폴 사르트르(Jean Paul Sartre, 1905-1980)는 프랑스의 작가이자 실존주의 사상의 대표자로, 대표적인 작품으로는 《구토》, 《존재와 무》, 《실존주의는 휴머니즘이다》가 있다. "타인은 지옥이다"라는 말은 사르트르가 인간관계에 대해 내린 최종적인 결론을 의미하며, 타인은 '나'의 인격을 황폐하게 만들기 때문에 존재론적인 지옥이 될 수밖에 없다는 그의 견해를 잘 보여준다.

반론이라고 할 수 있다.

생텍쥐페리가 원하는 것은 전 지구적 차원의 광범위한 연대 의식이다. 개개인이 더 이상 혼자가 아닌 거대한 집단에 소속감을 느끼게 해주는 깊은 결합이고, 사회 계층, 인종, 그리고 온갖 혐오를 넘어선 인류의 동류의식이다.

이 시대에는 모든 전통적인 가치들에 의문이 제기되고 있다. 특히 젊은이들은 위협적인 세상을 보며 불안감에 사로잡히고, 과도할 때도 있는 열망을 충족시키려 애쓴다. 이러한 시대에 생텍쥐페리가 말한, 인간이라는 이름을 가진 모든 사람들을 연결하는 이러한 끈, 즉 모두에 대한 각자의 책임이라는 발상은 보다 행복한 미래에 대한 확신과 열렬한 희망을 가져다준다.

## 🗍 적용된 개요

각 단락은 최대로 흥미를 유발하고, 제시된 글을 고려하도록 조직되었다.

> ### 설명

- **문제의 첫 번째 측면**(생텍쥐페리의 글에 암시된 관점)**에 대한 검토**
  타인의 불행에 부끄러움을 느끼는 책임감

- **문제의 두 번째 측면**(역시나 생텍쥐페리의 글에 암시된 관점)**에 대한 검토**
  타인의 승리를 자랑스러워하는 책임감

> ### 논평

- **확장**

  이러한 요소들을 행복이라는 더욱 큰 범주로 통합한다. 생텍쥐페리에게 행복이란 연대와 불가분의 관계에 있는 것이다.

- **평가**

  몇 줄 정도로 구성되어 글을 결론으로 확장한다.


## 🗍 이 답안을 통해 배울 점

> ### 채점자의 평가

점수와 함께 다음과 같은 평가가 덧붙여졌다. "주제를 잘 이해했으며 이를 명료하게 다루었다. 제시된 생각들이 적절하며 개성적이다.

문체가 간결하면서도 힘차다."

### › 실생활 예시의 참조

글쓴이는 유감스러운 사건 뒤에 듣게 되는 관례적인 말, 친구의 불행, 잘 차려진 식사를 생각하며 기아 포스터 앞을 지나치는 일 등 구체적인 상황을 그려낸다. 이러한 점이 본받을 만하다. 이와 같은 구체성은 작성자의 생각이 삶과 밀접하게 관련되어 있다는 느낌을 준다. 아이디어를 떠올릴 때는 그와 관련된 상황들도 함께 떠올리는 것이 좋다.

### › 문학 작품의 참고

이 응시자는 생텍쥐페리 잘 알고 있다는 것 또한 드러내고 있다. 그런데 다른 참고 부분들을 보면, 이 응시자의 독서 활동이 학교에서 배우는 내용에 한정되어 있지 않다는 것 역시 확인할 수 있다.

# 7장
# 논제 함의형 개요

개요는 때때로 논제에 암시되어 있으며, 어떤 경우에는 논제가 특정 개요를 사용하도록 요구하기도 한다. 다음은 개인적인 느낌과 생각을 요하면서도 사실상 특정 개요를 요구하는 (이 둘은 모순되는 요구가 아니다) 논제의 예시이다.

## 논제 함의형 개요를 보여주는 세 가지 예시

**논제 1** 만약 스크린이나 무대에서 문학 작품의 등장인물을 연기해야 한다면 당신은 어떤 인물을, 왜 선택할 것이며 그 인물을 어떻게 연기할 것인가?

서론에서부터 답안 작성자가 택한 인물의 이름을 제시해야 한다. 그리고 이 논제는 본론을 다음과 같이 두 영역으로 나누어 구성하도록 이끈다.

-   **왜** 그 인물을 선택할 것인가?
-   **어떻게** 그 인물을 연기할 것인가?

이와 같은 의무 사항에 준하는 전개 방식이 응시자를 불편하게 하지는 않는다. 논제에 암시된 전개 순서가 실제로 이치에 맞는 것이고 그 반대의 순서는 그저 불가능한 것으로 드러날 뿐이다.

물론 더 복잡하게 전개할 수도 있다. **'왜-어떻게'**의 쌍을 여러 단락에 포함시키면서 각 단락마다 인물의 면모를 하나씩 다루는 것이다. 그러나 흔히 간단하게 생각하는 것이 더 득이 된다.

우리는 앞에서 이미 논제에 개요가 함의된 예시들을 살펴보았다. 83쪽에서 보았던 독서에 대한 논제("좋은 소설을 읽음으로써 우리가 얻을 수 있는 즐거움과 이점은 무엇이라고 생각하는가?")는 글을 자유롭게 전개할 여지가 거의 없다. 101쪽에서 생텍쥐페리의 문구를 다루는 논제 또한 거의 강제성을 띠는 지시 사항을 제시한다.

---

**논제 2**

"문학은 영혼의 자양분이 되고, 영혼을 바로 잡으며, 영혼을 위로한다."
위 볼테르(Voltaire)의 격언을 설명하시오. 우리는 이에 이의를 제기할 수 있는가? 당신은 문학 작품에 가까워짐으로써 어떤 측면에서 이러한 문학의 세 가지 역할을 확인할 수 있는가?

---

이 논제는 앞서 6장에서 살펴본 논제 설명-예증 및 논평형 개요를

사용하게끔 한다. 그러나 동시에 '자양분이 되다', '바로잡다', '위로하다'는 볼테르가 고심해서 선택한 용어들인 만큼 이 세 가지를 한꺼번에 검토하는 것은 불가능하다. 따라서 반드시 세 부분으로 나누어서 위 격언을 설명-예증해야 한다. 그렇기에 논평은 세 부분 안에 각각 위치할 수도 있고, 글을 마무리하는 종합 부분을 구성할 수도 있다.

> **논제 ③** 몽테스키외(Montesquieu)[34]는 다음과 같은 글을 썼다. "오늘날 우리는 서로 다르거나 상반되는 세 가지 교육을 받고 있다. 아버지로부터의 교육, 스승으로부터의 교육, 세상으로부터의 교육이 이에 해당한다. 세상으로부터의 교육은 앞의 두 교육에서의 생각들을 뒤집어 버린다."
> 이 주장을 구체적인 예시를 통해 설명하시오. 그리고 이 말이 현대에도 적용될 수 있을지, 이러한 분석들로부터 끌어낼 수 있는 결론은 무엇일지 생각해 보시오.

이 논제는 제시된 영역들을 각각 **설명**하고, 그에 대해 **논평**할 것을 명백하게 유도한다.

### › 부모로부터의 교육

---

34  몽테스키외(Montesquieu, 1689~1755)는 프랑스 계몽시대의 정치학자로, 대표적인 작품으로는 《법의 정신》이 있다. 이 책을 톰해 삼권 분립을 주징하여 미국 헌법과 프랑스 혁명에 영향을 주었다. 보르도 대학에서 법률 공부를 마친 후 변호사 생활을 하였으나 문필에 뜻을 둔 그는 1726년에 관직을 팔고 파리로 이주한다. 이후 다양한 글을 저술하고 디드로, 달랑베르 등이 '백과사전'을 편찬하는 데 협력하여 프랑스 혁명의 사상적 토대를 만드는 데 공헌하였다.

위에서 언급된 "아버지"는 부모라는 넓은 의미로 쓰인 것으로 보인다.

### › 교수자로부터의 교육

몽테스키외가 살던 당시, "스승"은 (가정)교사나 교수라는 뜻으로 쓰일 수 있었다.

### › 인생으로부터의 교육

여기서 비교의 요소가 개입된다. 부모로부터의 교육과 교수자로부터의 교육은 의도적이고 목적에 따라 행해진다. 인생으로부터의 교육은 우연적이고 비정형적이며 계획에 의해 이루어지지 않는다. 이러한 비교는 '교육의 형태를 띠지 않는 교육이 결국 가장 중요한 것으로 드러난다'는 역설을 강조할 수 있게 해준다.

**논평**에 대해서는 "이 말이 현대에도 적용될 수 있을지, 이로부터 끌어낼 수 있는 결론은 무엇일지 생각해 보시오"라는 말로 논제 자체에서 충분히 방향을 제시하고 있다.


## ⬡ 따라서 이 글은 다음과 같이 구성될 수 있다.

- 인용문에 대한 **설명**
- 현대에 맞게 **적용**
- 앞서 분석한 내용으로부터 끌어낼 수 있는 **결론**

본론 내에서 논증을 조직하는 여타의 방식들이 있다. 재능이 있는 사람이라면 어떤 것이든 가능하겠지만, 전통적인 방식에서 벗어난 글을 쓰고자 한다면 신중할 필요가 있다. 우선 논술의 **도식**과 상응하는 전개(문제화·논의·결론)는 모든 논술에서 필수적이다. 이러한 전개가 다소 눈에 띄지 않는 방식으로 구성될 수는 있지만, 언제나 등장하기는 해야 한다.

또한 본론의 **개요**(본론 내부의 구성)를 짤 때는 부족한 것보다 과한 것이 차라리 낫다. 다른 읽기 상황에서는, 예를 들어 신문 기사를 읽을 때 개요를 과하게 짜면 글이 지나치게 무겁게 구성되어 아마도 '교과서적'이라고 평가될 것이다. 그러나 시험의 틀 안에서는 짜임이 부족하다는 비난(정당한 비난이든 아니든)을 듣는 것보다는 차라리 조금 교과서적으로 보이는 편이 낫다.

# 8장
# 기타 개요

## 정의형 논제의 개요

정의형 논제는 드물지만 출제될 때가 있다. 역대 몇몇 시험을 살펴보면 "소설이란 무엇인가?", "아름다운 시란 무엇인가?"와 같은 유형의 논제들이 발견된다. 후자는 파리고등사범학교(ENS) 입학시험에 출제된 논제이다.

이러한 논제들은 답안 작성에 있어서 수험생에게 상당한 자유를 부여하지만 그렇다고 해서 정의의 요소들을 연속으로 나열해서는 안 된다.

물론 주어진 물음에 대한 답변을 제시할 필요가 있지만, 앞서 어떠한 논증 과정도 없이 곧바로 답변을 제시해서는 안 된다. 정의형 논제에서도 논술은 여전히 문제를 한정하고 해결하는 글쓰기라는 것을 기억해두어야 한다.

"아름다운 시란 무엇인가?"라는 논제에 답할 때는 형식과 내용의 결합에 관해 검토하게 될 것이다. 형식이란 내용에 의해서 '현실화'될 때 비로소 무언가를 시사하게 됨을 보여주는 것이다. 이때 라신(Racine)[35]이 쓴 《아탈리(Athalie)》 속의 다음 구절이 자주 인용된다.

"Pour qui sont ces serpents qui sifflent sur vos têtes?"(당신들 머리 위
에서 쉬익 소리를 내는 이 뱀들은 누구를 위한 것인가?)

두운법(자음의 반복, 여기서는 [s]의 반복)이 무언가를 시사하게끔 만드는 것
은 바로 형식과 내용(뱀의 '쉬익' 소리)의 만남이다.

특히 형식은 내용에 덧붙여지는 것이라는 생각에 근거하여 시가
장식적이라고 이해하는 것은 피해야 할 것이다.

소설과 관련된 논제에서도 마찬가지로 문제화 과정이 필요하다.
논제의 질문이 또 다른 질문들을 낳아야 한다.

- 소설을 문학 장르로 정의하는 것은 어떠한 문제점을 야기하는가?
- 장르의 정의를 두고 어떤 사조, 어떤 학파들이 대립하는가?
- 16세기 이래로 장르에 대한 원칙들이 끊임없이 변화했다는 사실
  에 비추어 볼 때 장르에 대한 고정적이고 규범적인 정의를 내릴
  수 있는가?

## 대화 및 편지 형식

대화나 편지 형식을 빌려 논술을 쓰는 것이 원칙적으로 금지된 것
은 아니지만 이러한 형식은 약간의 위험성이 있는 것으로 나타난다.

--------

35  라신(Racine, 1639~1699)은 프랑스의 극시인으로, 대표적인 작품으로는 《페드르》, 《브리타니퀴
    스》, 《알렉산드르》 등이 있다. 주로 역사 속 인물을 다루었으며 과장 없이 인물에 인간성을 부여
    하여 극작한 것이 특징이다. 또한 그가 작품에서 활용한 질서, 규칙성, 이성 등의 요소들은 고전주
    의자로서의 면모를 잘 보여준다. 몰리에르, 코르네유와 함께 프랑스 17세기 3대 작가로 손꼽힌다.

# 3부
# 실전에서의
# 주의사항

# 1장
# 논제 파악의 중요성

　먼저, 잡지 《Le Monde de l'éducation》[36]에 실린 한 고등학교 교장 선생님의 이야기를 소개하고자 한다. "중학교 3학년[37] 때 연세가 많으신 프랑스어 선생님이 계셨습니다. 당시 열두 살이었던 저는 건방지게도 그 선생님을 아주 노망난 늙은이라고 생각했죠. 작문 답안을 쓸 때면 선생님께서는 일정한 간격으로 이렇게 말씀하셨습니다. '얘들아, 논제를 잊어버리지 마라! 무엇에 대한 것인가? 무엇에 대한 것인가?' 당시에는 10분마다 같은 말을 되풀이하는 게 우습다고 생각했는데, 지금 와서 돌이켜보면 참 무례한 생각이었죠."

　우리는 프랑스어 선생님이 하신 말씀이 맞다는 것을 확인하게 될 것이다. 답안 작성에 들어가기 전에 모든 단계에서 논제를 세밀하게 검토하는 것은 중요하다. 123쪽의 일화가 그 중요성을 잘 보여준다.

　논제와 관련된 비극적인 실수들은 대부분 논제를 너무 성급하게 읽기 때문에 발생한다. 시험에서 이런 종류의(조급함 때문에 일어나는) 실

---

36　신문사 르몽드(Le Monde)에서 출간되었던 월간지이다. 현재는 폐간되었다.

37　프랑스의 학제는 초등학교 5년, 중학교 4년, 고등학교 3학년으로 되어있다. 여기서 '중학교 3학년'은 프랑스 학제 상 중학교에서 세 번째 학년을 말한다.

수를 피하고 싶다면 2장 '시간 관리'를 참고하길 바란다. 이러한 성급함을 피하기 위한 조언들은 2장 '시간 관리'에서 자세히 다루고자한다.

## 작가의 이름

주어진 문장을 논평하는 논제에서, 그 문장을 쓴 작가의 이름은 경우에 따라 주어지기도 하고 의도적으로 생략되기도 한다. 때때로 작가의 이름이 생략되는 것은, 몇몇 수험생들이 작가에 대해 아무것도 알지 못한다는 이유만으로 해당 논제를 배제시키는 일이 종종 관찰되기 때문이다. 하지만 이처럼 즉각적으로 논제를 배제할 이유는 전혀 없다. 생텍쥐페리나 빅토르 위고의 문장은 이 작가들을 참조하지 않고도 충분히 잘 논의할 수 있다.

하지만 만약 작가를 알고 있다면, 그 사실을 드러내되 신중해야 한다. 예시를 온통 그 작가의 작품들로만 드는 오류는 피하는 것이 좋다.

## 논제 잘 읽기

논제는 일종의 도식으로 단순화하는 것이 좋다. 예를 들어 101쪽에서 다뤘던 생텍쥐페리의 주장에 대한 논제는 다음과 같이 정리될 수 있다.

| 인간 = | **책임감을 갖는 것** | 타인의 | 불행에 **부끄러움**을 느끼는 것 |
| | | | 승리에 **자랑스러움**을 느끼는 것 |
| | | 세상을 구축하는 데 있어 **연대 의식**을 느끼는 것 | |

논술 작성에서 필수적인 부분인 문제 제기와 아이디어 탐색에 대해서는 각각 25쪽과 126쪽을 참고하길 바란다.

# 지시 사항 잘 읽기

논제에 나오는 지시 사항들은 구체적인 요구 사항에 해당한다. 각각에 대한 설명을 상세히 살펴보면 다음과 같다.

### 평가하시오 (Appréciez)

어떠한 판단에 대해 **평가하라**는 것은 무한정으로 동의하라는 말이 전혀 아니다.[38] 평가한다는 것은 값을 매기는 것이다. 이러한 판단에 어떤 가치를 부여하는가? 논제에서 묻고 있는 것은 바로 이 질문이다. 이에 답하기 위해서는, 제시된 내용 중에서 확실하고 사실이라고 생각하는 것과 이론의 여지가 있어 보이는 것을 구별하는 것이 중요하다.

---

38 동사 apprécier는 '평가하다'와 '높이 평가하다'의 뜻을 모두 가지고 있다.

3부 실전에서의 주의사항

주어진 관점에 대한 본인의 입장을 요구하는 논제라 해도, 해당 문제를 **분석**하고 그에 맞는 **예시**를 드는 데 주안점을 두어야 한다는 것에는 변함이 없다. 이것이 바로 핵심이다. 무엇보다 의견 제시에 앞서 문제를 잘 이해했다는 것을 보여주어야 한다.

### 📦 **평가하고 논하시오**(Appréciez et discutez)

논제에서 **논하라**고 한다면 고전적인 **'정-반-합'** 개요의 상황에 놓이게 되는데, 이때 반명제에 가장 힘이 실려야 한다.

### 📦 **논평하시오** (Commentez)

어떠한 판단을 논평하라는 논제에서는 논평해야 할 구절이 일반적으로 길게 제시되는데, 이때는 체계적인 형태로 글을 쓸 필요가 있다. 다양한 **예시**와 개연적인 **확장**을 통해, 제시된 판단이 미칠 수 있는 모든 범위를 파악했다는 것을 보여주어야 한다.

동시에 주어진 글의 특정한 측면을 넌지시 비평(critiquer)할 수도 있다. 그러나 우선적으로 해야 하는 것은 논평이다. 즉, 제시된 생각의 흐름을 따라가고 그 구성을 이해하는 데 집중해야 한다.

### 📦 **논평하고 논하시오** (Commentez et discutez)

'논평하시오'에서와 같은 조언을 따르되, 이때는 **논하는 것**(discuter)에 더 힘이 실려야 한다. 이 경우에도 **변증법적 개요**를 사용하는 것이 적합하다.

## 🗊 **설명하시오** (Expliquez)

설명을 요구하는 지시가 '설명하시오(expliquez)'라는 말로만 제시되는 경우는 거의 없다. 흔히 구체적인 지시가 다양하게 함께 제시된다. **'설명'**이라는 개념은 '논평'할 때보다 더욱 그 인용문이 가리키는 내용 자체에 집중하며 인용문의 의미를 분석적으로 기술해야 한다는 것을 암시한다.

예를 들어, 문학에서의 사실주의에 대한 어떤 판단을 설명해야 할 때에는 문학적 예시들로부터 출발하여 사실주의라는 개념의 한 가지 또는 여러 의미를 정확하게 분석해야 한다. '논의(discussion)'가 함께 요구되는 경우도 있는데, 이때는 '논하시오(discutez)'로 끝나는 논제와 같은 방식으로 글을 전개하면 된다.

## 🗊 **검토하시오** (Étudiez)

이는 분석을 요구하는 지시들 중에서 가장 덜 지시적이다. 설명하고 비평하는 전개 방식에 어떠한 한계나 제한도 두지 않는다. 그렇지만 예증과 예시로 본인 주장의 정당성을 입증하는 데 신경써야 한다.

## 🗊 **이러한 판단이 시사하는 바가 무엇인가?**

이 경우에는 글을 더더욱 자유롭게 쓸 수 있다. 그러나 글이 무질서해지지 않도록 조심해야 한다. 이러한 물음은 큰 자유를 주는 것처럼 보이지만 사실은 스스로 전개 방식과 개요를 정하고, 동일한 방식으로 아이디어를 분류하여 선별할 것을 요한다. 동시에 글을 점진적으로 전개해야 할 필요가 있다.

> 논제를 다뤄야 하고, 논제를 온전히 다뤄야 하며, 논제만 다뤄야 한다.

## 실제 사례

영어 교수자격 시험의 한 응시자는 교육과정에 있는 모든 작품들을 매우 꼼꼼히 공부했는데, 특히 고래 사냥에 대한 상징적인 이야기인 멜빌(Melville)의 《모비딕(Moby Dick)》을 열심히 공부했다. 하지만 시험에서 《모비딕》 속 희극(comique)'이라는 논제를 접하자 그는 망연자실했다. 한 번도 그 작품을 희극의 관점에서 검토해보지 않았기 때문이다. 그는 시험 출제자들이 제정신인가 싶었다. 하지만 강한 정신력을 지닌 그는 작문을 시작했고, 일곱 시간 뒤 답안을 제출했다.

그는 시험을 함께 보고 나온 친구들에게 논제를 보고 느낀 당혹감을 토로했다. 그러자 그의 친구들은 이렇게 말했다. "희극(comique)이 아니라 우주의 질서(cosmique)였잖아!"

# 2장
# 시간 관리

스포츠 경기를 준비할 때와 마찬가지로, 바칼로레아를 준비할 때에도 장기 대비책과 시험 직전에 쓰이는 단기 대비책을 구분해야 한다. 이 장에서는 단기 대비책과 시험 자체만 살펴보고, 장기 대비책은 이 책의 끝부분에서 상세히 다루고자 한다.

## 시험 전

충분한 휴식을 취한 후 시험에 임해야 한다. 뛰어난 수험생들이 이점을 유의하지 않고 과로하여 실망스러운 결과를 얻는 경우가 너무나 많다. 시험에서 중요한 것은 논제에 대한 통찰력과 자신의 잠재력을 동원하는 능력이지, 시험 직전에 급하게 주입한 지식이 아니다.

## 논제의 선택

문제가 제시되었을 때 여러 개의 논제 중 하나를 선택하는 데 너무 많은 시간을 쏟지 않아야 할 것이다. 이 점에 대해서는 다음 두 가지만 유념하면 된다.

## 🗂 특정 논제 유형을 배제하지 말 것

여러 유형의 논제(논설문 분석, 복합 논평, 문학 논술) 가운데 하나를 선택할 수 있을 때, 몇몇 수험생들은 시험 준비를 할 때부터 주어진 유형들 중 하나만 준비하는 데 만족한다. 그러나 다양한 시험의 유형을 선택할 수 있는 가능성을 열어 놓는 것이 낫기 때문에 이러한 태도는 지양해야 한다.

## 🗂 시험 도중에 생각을 바꾸지 말 것

이런 경우는 심심찮게 일어난다. 한 시간 혹은 그 이상 한 논제에 대해 작성하다가 생각을 바꾸고는 다른 논제에 대해 글쓰기를 시작하기도 하는데, 이러한 선택은 항상 나쁜 결과를 가져온다.

데카르트(Descartes)[39]는 숲 한가운데에서 길을 잃었을 때, 갈피를 못 잡고 빙빙 맴도는 것보다 계속해서 한 방향으로 직진할 때 숲을 빠져나갈 확률이 훨씬 더 높다고 말했다.

---

39   르네 데카르트(Rene Descartes, 1596~1650)는 프랑스의 철학자·수학자·물리학자로, 서양 근대 철학의 아버지로 평가된다. 그는 경험을 통해 얻은 지식은 진리가 아니라며, 진리를 확실하게 인식하기 위해 모든 것을 의심하는 데서 출발하는 방법적 회의를 철학에 도입했다. 그 결과 "나는 생각한다. 그러므로 나는 존재한다."라는 유명한 말을 남겼다.

# 아이디어 찾기

흔히 저지르는 실수를 피하고 좋은 아이디어를 발견하기 위해 취해야 할 태도들이 있다. 글을 잘못된 방향으로 쓰는 치명적인 오류를 피하기 위해서는 다음을 명심하자.

- 잘 아는 분야라고 느껴질 때 방심하지 말 것
- 침착하게 논제를 종이에 옮겨 적을 것
- 조금 뒤죽박죽이더라도 머릿속에 떠오르는 모든 것을 메모할 것

아이디어를 찾는 보다 체계적인 방법은 다음과 같다.

› **주어진 질문에 대해 친한 사람들과 나눌 수 있을 법한 대화를 상상해 보자.**

자신보다 어린 사람에게 논제에서 제기된 문제를 설명해주어야 하는 경우를 상상해 볼 수도 있다.

› **문제와 관련된 상황을 상상하거나 회상해보자.**

특히나 개인적인 경험 속에서 그러한 상황을 찾아보자. 문학 작품이나 영화에서 상황을 끌어올 수도 있다.

› **반대되는 것을 검토해보자.**

만약 논제에서 실패란 무엇인지 묻고 있다면, '성공'이 자신에게, 그리고 자신과 가까운 사람들에게 무엇을 의미하는지 깊이 생각해

보는 것이다. 그 반대의 경우도 물론 적용될 수 있다. 성공에 대한 질문은 '실패'의 개념에 대해 깊이 생각해보도록 이끈다. 마찬가지로 만약 논제에서 '좋은 소설'이란 무엇인지 묻는다면, 아마도 스스로에게 혹은 다른 사람들에게 '나쁜 소설'이란 무엇인지 깊이 생각해봄으로써 그 개념을 명확히 할 수 있을 것이다.

### › 일상적인 의미를 엄밀한 의미와 대조해보자.

한 단어에 일상적인 의미와 엄밀한 의미가 동시에 존재하는 경우가 매우 많은데, 상대적으로 모호한 일상적인 의미는 통속적 의미라고도 불리고, 엄밀한 의미는 전문적 혹은 학술적 의미라고도 불린다. 엄밀한 의미만을 채택하기 위해서 이 두 가지 의미를 대조하는 것은 대체로 유용하며, 때로는 필수적이다.

### › 정의하고 구별하자.

**정의하기**와 **구별하기**는 항상 철학 논술의 기본이 되는 반응이다.

예를 들어 고독에 대해 생각해야 한다면 강제적 고독과 자발적 고독을 구별할 수 있을 것이다. 이러한 구별은 어휘에 관한 제안으로 이어질 수 있다. 가령 강제적 고독에 관해서는 '고립'이라는 어휘가 제안될 수 있을 것이다.

### › 어휘장과 의미장을 검토하자.

브레인스토밍 단계에서 아직 침착한 상태일 때, 논제와 관련된 단어들을 일단 떠오르는 대로 뒤죽박죽 메모해놓은 다음 그것들을 분류한다.

**의미장**(한 단어의 여러 의미들)**과 어휘장**(한 개념의 주위에 있는 여러 단어들)에 대해 생각해보는 작업은 위의 정의하기와 구별하기의 연장선상에 있다. 이 작업은 언제나 도움이 된다.

집에서 과제로 글을 쓰는 경우에는 동의어/유의어 사전이나 라루스(Larousse)의 《시소러스(*Thésaurus*)》[40]를 참고하여 더욱 쉽게 이 작업을 할 수 있다.

개요를 짜기 전에 소재를 모으는 단계에는, 시험을 치르는 네 시간 중 20-30분 정도를 할애할 수 있다.


## 글쓰기의 단계

### 🗁 개요 짜기

개요를 짤 때는 상반되는 두 가지 방법을 고려해 볼 수 있다.

- 개요를 먼저 정한 후 각 부분을 채우는 경우
- 소재를 먼저 찾은 후 그로부터 글의 조직 원리(개요)가 점진적으로 도출되는 경우

---

40  주제별로 어휘를 분류하여 관련어(유의어, 반의어, 상·하위어 등)를 정리해놓은 사전이다.

실제 글쓰기 상황에 더 적합해 보이는 것은 두 번째 방법이다.

대개 논술 관련 교재들은 매우 자세한 개요들을 제시한다. 이러한 개요들이 학습적으로는 가치가 있다. 그러나 네 시간이라는 제한된 시험 시간 내에 교재에서 제시한 것과 같이 자세한 표를 만들기란 거의 불가능하다. 따라서 무엇보다도 큰 흐름을 도출하는 것이 중요하고, 그 이후에는 글쓰기의 활력을 믿어야 할 것이다.

이러한 진행 순서를 따른다면 개요 작성은 약 15분 안에 충분히 마무리될 것이다.

## 📦 결론

개요가 완성되면, 결론을 바로 작성하지는 않더라도 큰 흐름을 정해두어야 한다. 이러한 방식으로 글의 종착점, 즉 논증의 끝을 결정하는 것이다. 이렇게 한다면 글을 급하게 마무리 짓더라도 흐지부지 끝나지는 않을 것이다. 물론 엄밀한 의미의 글쓰기를 위해서는 페이스를 잃지 않는 것이 바람직하다. 그렇게 해야 인위적이지 않고 앞선 내용과 유기적으로 연결되는 글을 쓸 수 있기 때문이다.

## 📦 서론

어느 정도 상세하게 개요를 작성하고 나면 바로 서론을 써야 한다. 서론에서는 문제를 제기하고, 경우에 따라 논증의 단계를 제시한다.

## 🗒 작성

제출하기 전에 마지막으로 답안을 다시 읽어볼 수 있도록 책상 위에 시계를 올려두고 글을 쓰자. 논술의 본론은 답안지에 바로 작성한다.

## 🗒 다시 읽기

답안을 다시 읽으면서 오류를 고칠 수 있도록 10분 정도의 시간을 남겨두어야 한다.

이때는 차분한 상태로 돌아가 지금껏 쓴 글을 외부자적 시선에서 보아야 한다. 시간을 잴 때 이러한 단계를 미리 고려하는 것이 매우 중요하다.

# 3장
# 답안지 작성

이 장에서 다루는 규칙들은 프랑스어로 논술을 작성할 때 적용된다. 한국어 글쓰기 규칙과는 다소 차이가 있다.

## 답안을 깔끔하게 작성하기

눈앞에 채점할 답안지가 빼곡히 쌓여있는 평가자의 입장을 생각해 보자. 그중에 몇몇 답안지들은 내용을 거의 알아볼 수 없을 정도이다. 이런 답안지들은 채점 시 별도의 노력을 기울이게 하는데, 이는 평가자의 부정적인 감정을 초래해 점수에 영향을 끼칠 수밖에 없다.

따라서 다음과 같은 사항에 유의해야 한다.

- 너무 연한 펜을 사용하지 않는다.
- 대문자 L을 쓸 때는 분명하게 쓴다. 대문자 L로 문장을 시작하면 읽는 이를 주목하게 할 수 있다. (문장 맨 앞의 대문자 L은 읽는 이의 주의를 끄는 중요한 표시이다.)
- 수정액 또는 수정 테이프를 과도하게 사용하지 않는다. 열 줄 정

도 되는 부분을 전체적으로 꼭 수정해야 한다면, 차라리 해당 위치에 종이를 깔끔하게 덧붙이는 편이 낫다.

답안을 끝부분까지 깔끔하게 쓰기 위해서는, 글 전체를 연습용 종이에 먼저 쓴 후 답안지에 급히 옮겨 적는 식으로 하면 안 된다. 본론은 답안지에 곧바로 작성하는 것이 좋다.

## 답안지에서 단락과 문단 구분하기

모든 단락 사이에는 여백을 두어야 하며, 서론과 결론은 더욱 분명하게 드러내야 한다는 것은 모두 알고 있을 것이다. 하지만 이 여백을 과도하게 4~5cm씩이나 띄우지는 말아야 한다. 문단 간에는 줄바꿈과 들여쓰기만으로 충분하다.

또한 단락이나 문단에는 결코 제목을 붙이거나 번호를 매겨서는 안 된다. 이 책의 몇몇 모범 답안에 그런 표기가 되어있는 것은, 단지 연속적인 절차에 독자의 주의를 끌기 위함이다.

## 철자법과 구두점

철자법도 평가의 대상이다. 대부분의 시험에서는 철자법 오류가 일정 개수를 넘어서면 낙제점을 받게 된다. 그렇기 때문에 자신이 쓴 글을 다시 읽어보는 것이 중요하다.

구두점에도 주의를 기울이자. 구두점을 부주의하게 쓸 경우 글의 가독성이 크게 떨어진다. 채점자가 별도의 노력을 기울이게끔 한다면 그것은 좋지 않은 결과로 이어질 것이다.

## 인용 표시

인용의 원칙은 간단하다. **인용한 글에는 반드시 따옴표[41]를 써주어야 한다.**

또한 '인용한 문장이나 그 문장의 일부분에 밑줄을 그어야 하는가?'라는 질문이 제기될 수 있다. 원칙적으로는 그렇게 해서는 안 된다. 하지만 경험에 따르면 인용한 대목에 밑줄을 그어놓으면 채점자가 글을 읽기 쉬워진다. 따라서 위험을 감수하고 원칙을 어기는 것이 가능하기는 하다.

게다가 이는 많은 신문에서 채택하는 방법이다. 신문에서 인용문들은 밑줄이 쳐 있는 대신 이탤릭체로 되어있기는 하지만[42] 여전히 따옴표와 함께 쓰인다. 마찬가지로 인용문에 밑줄을 친다고 해서 따옴표를 생략할 수 있는 것은 아니다. 따옴표는 의무사항이다.

긴 인용문이나 운문의 경우에는 여백을 사이에 두고 앞의 텍스트

---

41    프랑스어에서는 « » 표시이다.

42    인쇄물에서는 이탤릭체가 필사본에서의 밑줄에 상응한다.

와 분리되어 제시되기 때문에, 밑줄은 형식적 측면에서 중요성이 떨어진다.

몇몇 잡지에서는 위와 같은 경우 따옴표를 쓰지 않는다. 다른 글씨체를 사용해 읽는 이의 혼동을 막기 때문이다. 하지만 논술에서는 그렇게 할 수 없으므로 모든 인용문에 따옴표를 그대로 사용하는 것이 필수적이다.

집에서 글을 쓰는 경우, 너무 긴 인용은 쉽게 분량을 채우려는 것으로 보일 수 있으므로 지양해야 한다. 이 규칙을 지키지 않은 경우가 있었지만 앞에서 확인할 수 있듯이, 이는 자료를 보충하거나 잘 쓰인 글을 예시로 드는 경우(가령 우리 스스로보다 훌륭하게 글을 써내는 작가를 발견했을 때)였다.


## 따옴표와 함께 쓸 때 구두점의 위치

인용문을 마칠 때 온점은 따옴표 안쪽에 써야 하는가, 아니면 바깥쪽에 써야 하는가? 이는 경우에 따라 다르다.

- 인용한 구절이 완전하고 앞 문장에 대해 독립적이라면 온점은 따옴표 안쪽에 쓴다.

     [...] par l'affirmation du critique le plus confirmé en la matière :
     « Ce livre est le meilleur dans sa catégorie. » [...]

     (그 분야에서 가장 유능한 비평가의 주장에 따르면 "이 책은 그 분야에서 최고이다.")

- 반대로, 인용한 구절이 문법상 앞 문장의 일부라면, 온점은 따옴표 바깥쪽에 쓴다.

  [...] ce critique confirmé n'hésite pas à proclamer que « ce livre est le meilleur de sa catégorie ». [...]

  (이 유능한 비평가는 주저 없이 "이 책이 그 분야에서 최고"라고 단언한다.)


## 운문 제시 방법

운문을 제시할 때 사선(/)으로만 행을 구분하여 줄글로 나열하는 것은 단언컨대 추천하지 않는다. 몇몇 잡지에서는 운문을 다음과 같은 방식으로 제시하지만 이는 반드시 피해야 한다.

"나는 자주 기이하고도 강렬한 꿈을 꾼다 / 내가 사랑하고 나를 사랑하는 낯선 여자의 꿈을 / 그리고 매번 똑같은 사람도 아니고 / 전혀 다른 사람도 아닌, 그리고 나를 사랑하고 이해해주는 여자의 꿈을."

운문 인용문을 제시할 때는 운문이 나오기 직전 산문의 마지막에 쌍점(:)을 찍고 줄 바꿈을 해야 한다. 또한 인용하고자 하는 시의 원문처럼 행마다 줄을 바꾸어야 하고 매 행은 대문자로 시작해야 한다.

"나는 자주 기이하고도 강렬한 꿈을 꾼다
내가 사랑하고 나를 사랑하는 낯선 여자의 꿈을
그리고 매번 똑같은 사람도 아니고
전혀 다른 사람도 아닌, 그리고 나를 사랑하고 이해해주는 여자의 꿈을."

# 작품의 제목과 대문자

## 🗁 작품의 제목

소설이든, 희곡이든, 수필이든 제목은 따옴표 없이 밑줄을 그어야 한다.

인쇄물에서는 이탤릭체가 필사본에서의 밑줄에 해당한다. 예를 들어, 손으로는 <u>Le Père Goriot</u>(《고리오 영감》)라고 쓰지만, 이 글이 출판된다면 인쇄업자는 다른 규칙을 적용해 *Le Père Goriot*라고 표기할 것이다. 집에서 과제로 글을 쓸 때에도 워드 프로세서 사용이 허락된다면, 이탤릭체를 사용할 수 있으므로 *Le Père Goriot*라고 표기할 것이다.

따옴표 없이 밑줄을 긋는 이 규칙은 다음과 같이 회화나 음악 작품의 제목과 선박, 신문, 잡지의 이름에도 적용된다.

<u>Suites</u>(음악 작품), <u>Norway</u>(선박), <u>Le Monde</u>(신문), <u>Les Temps modernes</u>(영화), <u>La Revue des revues</u>(주간지)

그에 반해, 시, 장(章), 잡지의 기사나 신문의 기사 등 **하나의 저작물 안에 수록된 글의 제목에는 밑줄을 긋지 않고** (따라서 인쇄될 경우 이탤릭체를 적용하지 않고) **따옴표**(« »)**를 써야 한다.**

## 🗁 제목에서의 대문자 표기

제목의 대문자 표기는 표기 규칙마다 다르게 이루어진다. Imprimerie nationale의 간단하고 실용적인 규칙을 채택하는 것이 가장 좋다.

- 제목의 첫 글자는 항상 대문자이다.

- 첫 번째 단어가 정관사일 경우 두 번째 단어의 첫 글자는 항상 대문자이다.

  *Le Curé de Tours / Un curé de campagne*[43]

- 첫 번째 단어가 정관사이고 두 번째 단어가 형용사일 경우 세 번째 단어의 첫 글자는 대문자이다.

  *Les Vertes Années / Le Poney rose / Un vélo vert dans la tête*[44]

---

> 우리는 항상 머리로 이해하기 전에 눈으로 먼저 보기 때문에 글의 외관에 공을 들여야 한다.

---

43  프랑스어에서 'le'는 정관사, 'un'은 부정관사이다.

44  프랑스어에서 les는 정관사이며, 각 예시에서 vertes, rose, vert가 형용사이다.

논증과 설득의 기술
바칼로레아를 통한 프랑스 논술 들여다보기
Du Plan à la Dissertation

# 4부
# 일반 주제
# 논술

# 들어가기

4부 **일반 주제 논술**은 다시 **논술 작성**에 대해 다룬다. 일반 주제 논술에서는 서술을 잘하는 것보다 주제에 대해 깊이 생각하는 것이 더 중요하다. 이 논술은 화제가 되는 여러 문제를 주제로 삼기 때문에 우리가 살고 있는 이 세상과도 밀접하게 관련된다.

엄밀히 말하면, 이러한 일반 주제 논술은 바칼로레아에 더 이상 출제되지 않지만 몇몇 공무원 채용 시험에는 여전히 출제되고 있다. 게다가 이 논술 유형에 대한 모든 것은 작문 시험(travaux d'écriture)과 일반 상식 구술시험(oral de culture générale)에도 적용된다.

## 작문 시험

논설문을 분석하는 작문 시험은 주로 짧은 논술 혹은 논술의 한 단락을 작성하는 것으로 귀결된다. 이와 같은 이유로, 이 책에서 내용의 조직과 예시에 관하여 다룬 것들이 작문 시험에서 직접적으로 활용되는 것이다.

# 일반 상식 구술시험

 일반 주제 논술을 공부하는 것은 오늘날 거의 모든 선발시험의 구술시험에 나오는 **일반 상식 문제**를 푸는 데에도 유용할 것이다. 이 일반 상식 문제는 가끔 '제2의 선발시험'이라 불릴 정도로 매우 중요한 역할을 한다. 이 시험은 발표로 시작되고, 그 다음에는 상대적으로 자유로운 형식으로 진행되는 질의응답이 이어진다. 발표에서 요구되는 사항은 이 책에서 다룬, 논술의 요구 사항과 정확히 일치한다.

# 1장
# 아름다움과 기술

**논제**

비니(Vigny)[45]와 그 이후의 많은 사람들은 기술이 세상의 아름다움을 빼앗아간다고 비난하였다. 이러한 입장을 이해한다는 것을 보여주고 자신의 의견을 설명하시오.

## 🗩 일러두기

### › 단순하지만 실수하기 쉬운 논제

위 논제는 논제를 주의 깊게 읽는 것이 얼마나 중요한지를 보여준다는 이점이 있다. 이 논제에서 **기술**(과학적 성과의 응용)과 연결된 중요한 단어는 **아름다움**이다. 그러나 시간에 쫓기는 많은 수험생들은, 단지 머릿속에 완벽히 준비된 전개가 있다는 이유로 '기술의 진보와 인간의 행복'이라는 전통적인 주제에 대해 논하게 된다. 단지 그들의 머릿속에 이 주제에 대해 이미 구상해놓은 글이 있다는 이유만으로 그렇게 하는 것이다. 논제를 제대로 다루지 않는 경우에 항상 그러하듯이 그 결과는 참담할 수밖에 없다.

---

45 　알프레드 드 비니(Alfred de Vigny, 1797~1863)는 프랑스의 시인이자 극작가로, 대표적인 작품은 〈늑대의 죽음〉, 〈목자의 집〉 등이 있다. 그는 낭만주의 시인 중 상징법을 사용하여 자신만의 철학 사상을 서술하고자 했던 유일한 시인이다.

### › 진부한 발상 피하기

**진부한 발상**이란 계속해서 거론되지만 제대로 검증 작업을 거친 적은 없는 생각을 이른다. **선입견, 상투적 표현, 클리셰** 역시 같은 맥락의 용어이다.

우리는 특히 학교 환경에서, 기술의 비약적인 발전이 추함이라는 필연적 결과를 가져온다는 진부한 발상을 자주 접한다. 학생들은 본인이 진정으로 느끼는 것을 말하기보다 사람들이 기대할 것 같은 답변을 할 정도로 제약되어 있다. 가령 오토바이나 자동차에 대한 동경을 가지고 있는 학생도 답안에 그러한 내용을 쓰지는 않을 것이다. 자신에게 기대되는 바가 그것이 아니라고 느끼기 때문이다. 하지만 깊게 생각해보지도 않고 그저 모든 이들이 말하는 것을 그대로 반복하지는 말자. 이를 위해 가장 좋은 방법은 개인의 생각과 감정으로부터 출발하는 것이다.


# 논제 분석하기

## 🔲 비니의 태도와 관련된 역사적 배경

비니(1797-1863)는 《운명(Les Destinées)》에 수록되어 있는 시 〈목자의 집 (La Maison du berger)〉에서 산업 문명에 대한 혐오와 훼손되지 않은 자연을 되찾고자 하는 의지를 표현하고 있다. 특히 그는 기차가 너무 빠르게 달려 세상의 아름다움을 맛보지 못하게 한다는 생각을 이 시에서 풀어낸다.

"이 길을 벗이니지. 그 여정에는 우아함이 없다.
이는 철길 위의 여행이
공중을 가로지르는 화살과도 같이 빠른 탓이다.

느린 여행, 멀리서 들려오는 소리,

행인의 웃음소리, 차축의 더딤,

갖가지 언덕들로 인한 뜻밖의 우회,

새롭게 알게 된 친구, 잊혀버린 시간들,

머지않아 인적 없는 곳에 도착하리라는 기대, 모두 안녕."

당대 대부분의 시인들도 비니와 마찬가지로 기술에 대해 경계심을 가지고 있었다. 이렇게 낭만주의 시인들이 기술적 발전에 대해 같은 마음을 품었던 것은 아마도 그들이 산업 혁명으로 인해 위기에 처한 계급에 속했기 때문일 것이다. 비니의 경우 귀족 계층에 속해있었다. 기존에 땅, 즉 부동산에 의존하던 귀족 계급의 부는 부르주아에 의해 추진된 산업 자본주의의 비약적인 발전으로 인해 위태로워졌다. 철길은 이러한 산업 혁명의 출현을 가장 잘 보여주는 것 중 하나이다.

물론 좋은 답안을 작성하기 위해서 반드시 이러한 배경을 알아야 하는 것은 아니다.

## 🔷 현대 사회의 아름다움을 노래한 작가들

이 논제는 극단적으로는 어떠한 문학 작품도 참고하지 않고 다루어질 수 있으나, 문학 작품을 참고하면 대체로 높은 평가를 받을 수 있다. 아래에서는 비니와 달리 아름다움과 기술이 반드시 양립 불가능하지는 않다고 생각한 몇몇 작가들의 예시를 살펴보고자 한다.

보들레르(Baudelaire)는 도시의 시적 정취를 역설하고 현대 사회의 아름다움을 노래한 최초의 작가 중 한 명이다. 그는 이로써 낭만주의

자들과는 정반대의 노선을 취한다. 또 다른 19세기 시인 에밀 베라렌(Émile Verhaeren)의 시에는 "사방으로 뻗어나간 도시"[46]와 인류의 진보에 대한 두려움도 담겨있지만, 동시에 그에 대한 열광도 담겨있다. 우리에게 더욱 친숙한 시인으로는 맨해튼(Manhattan)의 거리를 노래한 미국의 시인 월트 휘트먼(Walt Whitman), 에펠탑에 대한 시를 쓴 아폴리네르(Apollinaire)와 블레즈 상드라르(Blaise Cendrars), 《시카고 시집(Poème de Chicago)》을 통해 산업 문명을 서사시로 그려낸 미국의 칼 샌드버그(Carl Sandburg)를 들 수 있을 것이다. 비니가 그토록 비난했던 철길을 칭송한 시인들도 있었다. 가령 상드라르는 《시베리아 횡단철도(Le Transsibérien)》를 썼고, 발레리 라르보(Valery Larbaud)는 《A.O. 바르나부트의 시(Les Poésies d'A.O. Barnabooth)》에서 열차에 찬사를 보냈다.

> "너의 커다란 소음, 너의 위엄 있고 부드러운 걸음걸이,
> 한밤 중 환히 빛나는 유럽을 가로지르는 너의 질주를 내어다오.
> 오, 화려한 열차여! 금빛 가죽으로 덮인 복도를 따라 울리는
> 긴장되는 음악이여…
> 삶의 온갖 달콤함을 느낀 것은 처음이다
> 비르발리스(Wirballen)과 프스코프(Pskow) 사이를 달리는 북방 열차의
> 객실 안에서."

졸라(Zola) 역시 현대 사회에는 시적 아름다움이 깃들어 있다고 생각했다.

---

46 그의 시집 《사방으로 뻗어나간 도시(Les Villes tentaculaires)》의 제목을 인용한 표현이다.

"현대 시인들이여, 당신들은 현대의 삶을 싫어합니다.

당신들은 신의 뜻에 반하고, 당신들의 시대를 단호하게 거부합니다.

무엇하러 추한 기차역을 찾나요?

여기 참으로 아름다운 역이 있습니다. 무엇하러 당신들의

거리들 놔두고 계속해서 낭만의 나라로 날아가려 하나요?

우리의 거리는 비극적이면서도 매혹적입니다. 이는 시인에게 충분할 것

입니다."

상고르(Senghor)의 《에티오피크(Éthiopiques)》에 수록된 매우 아름다운 시 〈뉴욕에서(À New York)〉에는 도시에 대한 전통적 경계심과 감탄이 섞여있다.

## 📖 참고문헌

월트 휘트먼의 주요 작품들은 갈리마르 시 전집(Poésie/Gallimard) 중 한 권인 《시, 풀잎(Poèmes, Feuilles d'herbe)》에 모두 수록되어 있다. 블레즈 상드라르의 시는 같은 전집 중 두 권, 《전 세계(Du monde entier)》와 《세상의 중심에서(Au cœur du monde)》에서 살펴볼 수 있다.

## 개요 제안

이 논제에서는 간단한 개요를 사용할 수 있다. **정명제**(추함의 근원이 되는 기술)와 **반명제**(아름다움의 근원이 되는 기술), 그리고 이어서 내용을

충실하게 적은 **결론**으로 개요를 구성한다.

먼저 정명제에서는 해당 문제에 대해 가장 보편적인 견해가 무엇에 근거를 두고 있는지 이해하고 있음을 보여준다. 이후 반명제에서는 계속해서 예시에 근거하여 앞의 정명제가 어떠한 점에서 중요한 요소들을 놓치고 있는지 강조한다.

결론에서는 기술에 대한 태도를 보다 일반적인 행위 유형으로 통합하여 글을 확장해야 한다.

# 상세 개요 예시

## 서론

산업 혁명의 결과 철길, 공장, 매연, 전선, 댐 등이 풍경을 해치게 되었다. 이에 기술에 반감을 갖는 사람들이 등장하였다. 비니는 이들 중 한 명이었고, 회고주의나 향수와 같은 사조는 그의 반응의 연장선상에 있었다.

## I. 아름다움에 반(反)하는 기술

논제의 요구에 따라 먼저 비니의 입장에 대해 설명한다.

- 산업의 요구에 따라 (그 후에는 오염으로 인해) 강, 호수, 숲 등의 자연 경관이 훼손되었다. 블랙 컨트리(Black Country)와 루르(Ruhr)가 그 예이다.

- '인격'을 지닌 수공업품들이 혼이 담기지 않은 공산품으로 대체되었다.

- 기술과 상업이 요구하는 것들은 획일화를 불러온다. 전 세계 대도시의 상업 지역들은 서로 닮아있다. 프랜차이즈 식당들 또한 도시 경관과 식생활의 획일화에 일조하고 있다.

- 건축 분야에서는 최대한 건물을 값싸게 짓고자 하는 마음이 결과적으로는 흉물스러운 건물과 지대를 만들어냈다. 'Habitation à Loyer Modéré (임대 아파트)'의 약자인 'H.L.M.'은 '추함'의 동의어가 되었다.

비니가 강조한 사실을 덧붙이자면, 빠른 교통수단과 현대 사회가 강요하는 가속화된 삶의 리듬은 사람들에게 더 이상 아름다움에 대해 성찰

할 여유를 주지 않을 것이다.


## II. 아름다움의 근원이 되는 기술

비니의 관점에 대해 설명한 뒤에는 그에 대한 이의를 제시한다.

- 보들레르, 베라렌, 휘트먼, 샌드버그, 상드라르, 라르보 등의 작가들
  이 노래했던 현대 사회의 아름다움에 대해 작성한다. 혹은 그저 답
  안 작성자 본인이 느끼는 현대 사회의 아름다움에 대해 이야기한다.

- 오토바이, 자동차, 비행기 동체와 같이 기술에 의해 탄생한 제품이나
  건물, 다리, 댐, 혹은 대성당 등의 현대 건축물에도 아름다움이 있다.

아름다움은 판매 전략이 되기까지 하였고, 이 분야에서의 연구가 중
요해졌으며, 그것은 성공을 거두었다. 이에 따라 '디자인'이라는 산업 미
술이 탄생하였다.

산업 미술에서 아름다움은 사물이 그 기능에 완벽하게 부합할 때 나
타난다.

> "산업의 산물이 어떠한 종류의 아름다움을 가지고 있는 한, 산업 미
> 술은 존재한다. 그 아름다움은 산업을 실행하는 사람의 예외적이고 심
> 지어 비정상적이며 임의로 더해지는 관심에 의해서가 아니라, 그의 자
> 연스럽고 자율적이며 일반적인 활동에 의해 발현되는 것이다." -에티엔
> 수리오(Étienne Souriau)[47]

---

47    에티엔 수리오(Étienne Souriau, 1892~1979)는 프랑스의 철학자로, 미학 분야에서 업적을 남겼다.

이 단락에서 또 다른 요소들을 고려해볼 수 있을 것이다. 예를 들어 유명 디자이너들은 희귀한 금속이나 플라스틱 재료와 같은 기술의 가장 최신 산물들을 디자인에 이용하기도 한다. 또한 과학적인 사진술이 만들어 낸 아름다움은 다행히도 추상화와 필적하게 되었다.

## 결론

오랫동안 아름다움과 유용성은 서로 모순된 단어라고 여겨졌으나, 지금은 그러한 인식이 바뀌었음을 확인할 수 있다. 오늘날에는 많은 사람들이 아름다움은 사물이 그 기능과 완전히 일치할 때 생겨나며, 따라서 기술의 진보와 아름다움이 양립할 수 있다고 생각한다.

한편, 현대 사회의 아름다움을 인정하려 하지 않는 것이 이 세계 전체에 대한 거부를 나타내지는 않을지 생각해볼 수 있다. 앨빈 토플러(Alvin Toffler)는 그의 책 《미래의 충격(Future Shock)》에서 인간을 두 부류로 구분한다. 한 부류는 점점 빨라지는 세상의 속도에 혼란스러워하고 불안해하는 이들이며, 다른 부류는 반대로 성장하기 위해 이러한 속도를 필요로 하는 이들이다. 아름다움을 평가하는 방식에 대해서도 이와 같은 대조가 적용될 수 있을 것이다.

# 2장
# 행복과 시기심

## 💬 일러두기

여기서 사용할 개요는 논제에 암시되어 있으며 매우 단순하다. 먼저 저자의 견해(지드가 생각하는 대로의 행복은 시기심과 양립 불가능하다)를 **설명하고**, 그 다음 이에 대해 **논한다.**

---

48  앙드레 지드(André Gide, 1869~1951)는 프랑스의 소설가이자 비평가로, 대표적인 작품은 《좁은 문》, 《사전꾼들》, 《콩고 여행》 등이 있다. 어떠한 것에도 얽매이지 않고 스스로 자신만의 진리와 행복을 추구한다는 새로운 인간상을 제시하였으며, 결론 없는 소설, 소설 속의 소설 등 새로운 소설 기법을 시도하며 20세기 문학에 큰 영향을 끼쳤다.

# 모범 답안 예시

"내가 행복한 것으로는 충분하지 않다. 이와 더불어 다른 사람들이 행복하지 않아야 한다." 라고 쥘 르나르(Jules Renard)[49]가 말했다. 타인을 뛰어넘거나 짓밟을 수 있을 때 가장 기뻐하는 사람들, 행복을 향한 열망과 권력욕을 혼동하는 사람들, 그리고 원하는 것을 성취하는 것만이 행복이라고 생각하는 사람들의 태도를 이렇게 해학적으로 비난한 것이다.

이는 앙드레 지드가 "타인의 행복을 시기하는 것은 터무니없는 일이다."라고 비판한 태도와 유사하다. 하지만 지드의 경우에는, 그 비판이 인간의 비열함에 대한 일종의 분개에서 비롯된 것이 아니다. 그에게는 "타인의 행복을 시기하는 것" 자체가 모순으로 보인 것이다. 각자에게 부합하는 가능한 행복의 형태는 단 하나뿐이다. 마술 지팡이를 휘둘러 타인의 행복을 가진다 하더라도, "타인의 행복을 우리가 누릴 수는 없을 것이다. 행복은 기성복이 아닌 맞춤복이다."

이 견해의 기저에는, 행복은 그 성질이 소유하는 것이 아니라 그러한 상태가 되는 것이라는, 지극히 지드(Gide)적인 생각이 자리 잡고 있다. 우리가 소유하는 대상은 행복을 가져다주기에 충분하지 않다. 무엇보다도 우리가 흔히 소유물에 의해 소유되기 때문이다. 그리고 특히 행복은 내면의 상태이기 때문이다.

가장 가진 것 없는 자가 매우 큰 행복을 느낄 수도 있다. 예를 들어 그가 사랑에 빠지면, 세상 모든 것을 경이롭게 만들어버리는 무언가를 내면에 지니게 되기 때문이다. 엘드리지 클리버(Eldridge Cleaver)는 《갇힌 영

---

49  쥘 르나르(Jules Renard, 1864~1910)는 프랑스 소설가이자 극작가이다. 이 인용문은 《일기(Journal 1887-1910)》 1894년 5월 16일자에 수록된 것이다.

혼(*Soul on Ice*)》에서, 자신이 투옥되어 절망의 문턱에 있었을 때, 자신을 인격적으로 대해준 한 변호사와의 만남 이후 물질적 조건의 변화 없이도 자신의 삶이 어떻게 달라졌는지 이야기한다. 라브뤼예르(La Bruyère)[50]는 행복이 소유에 달려있는 것이 아니라, 무엇보다도 내면의 상태라는 이 사실을 그 누구보다도 잘 표현했다. "좋아하는 사람들과 함께 있다면 그것만으로 충분하다. 꿈을 꾸든, 대화를 하든, 아무런 대화도 하지 않든, 소중한 사람들을 생각하든, 사소한 것들을 생각하든, 좋아하는 사람들의 곁에 있다면 모두 마찬가지이다."

루소(Rousseau)의 말을 인용해볼 수도 있다. 샤르메트(Charmettes)에서 바랑 부인(Madame de Warens)과 함께 살며 열여섯 살 적의 행복감에 젖어있던 루소에게는 모든 것이 근사해보였다. "행복은 어디서나 나를 따라다녔다. 행복은 무어라 규정될 수 있는 그 어떤 것에도 들어있지 않았으며 오롯이 내 안에 있었다." 행복의 진정한 원천은 우리 안에 있으며 우리 외부에 있는 물건들을 소유하는 데 있는 것이 아니다. 당장 타인의 손에 들린 것을 소유함으로써 우리가 행복해질 것이라 믿는 것은 헛된 일이다. 게다가 행복해지기 위해 모든 것을 가졌지만, 끝내 행복만은 갖지 못한 사람들도 드물지 않다.

따라서 다른 사람들의 소유물을 시기하는 것은 무의미하다. 행복은 무언가를 소유하여 생기는 것이 아니라 그것을 비추는 빛을 통해 생기기 때문이다. 그렇지만 다른 사람들이 가지고 있는 대상이 아니라 그들의 존재 자체를, 그저 그들이 처한 상황을 부러워할 수도 있다. 그러나 이 또한 마찬가지로 결국엔 헛된 것이다. 지드는 "행복은 기성복이 아닌

---

50    장 드 라브뤼예르(Jean de La Bruyère, 1645~1696)는 프랑스의 모랄리스트이다. 모랄리스트란, 16~18세기 프랑스에서 인간성과 인간의 내면에 관심을 가지고 탐구했던 문학가들을 말한다.

맞춤복이다."라고 말하며 이에 대해 설명한다.

　지드가 생각하기에 개개인은 저마다 유일한 존재이며 각자 일정한 성장 과정을 경험하게 된다. 성숙한 사람은 자신의 길을 따라 성장하는 사람이다. 마찬가지로, 괴테(Goethe)는 개개인이 자신만의 고유한 곡선을 따라 성장해야 한다고 했다. 지드와 마찬가지로 괴테에게도 이 곡선은 초월적 세계에 적힌 운명 같은 것이 아니다. 그것은 단지 우리 안에 있는 가능성을 구현하여 만들어지는 결과이다. 게다가 이러한 개인적 성장은 경우에 따라 과거의 자신을 부정하도록 이끌기도 한다. 괴테는 끊임없는 변화를 통해 성장해야 할 필요성을 다음과 같은 말로 표현했다. "죽어라, 그리고 다시 태어나라."

　따라서 괴테와 마찬가지로 지드에게도, 행복은 오로지 우리의 잠재력의 실현을 통해서만 생겨날 수 있는 것이다. 그것은 우리 존재의 성장과 맞닿아 있으며, 스스로에 대한 정복으로 나타난다.

　그러므로 이러한 행복은 한 개인으로부터 다른 개인에게 양도될 수 있는 것이 아니다. 단 하나의 진정한 행복은 우리에게 주어진 것을 실현함으로써만 얻을 수 있다. 내가 나로 존재하는 이상 타인의 행복을 얻을 수는 없다. 앙드레 지드가 규명한 시기심에는 나로 존재하면서 타인이 되기를 원하도록 부추긴다는 모순이 존재한다.

　행복에 관한 이 매력적인 견해에 우리는 동조한다. 그러나 이 견해는 최저 생계가 보장된 순간에야 비로소 진정으로 의미가 있음을 보여줄 필요가 있다. 자신의 아이가 굶어 죽어가고 있는 사람이나 고문을 받고 있는 사람에게는, 혹은 그 정도까지는 아니더라도 수백만 명의 실업자들에게도 이러한 발언이 무의미하게 들릴 수 있다. 그들은 다른 사람들의 행복, 즉 배불리 먹는 사람들, 햇살 아래에서 자유롭게 거니는 사람들의 행복을 부러워하고, 단순히 직업이 있는 사람들의 행복도 부러워

한다.

이보다 덜 애처로운 상황들을 떠올릴 수도 있다. 상벤 우스만(Sembène Ousmane)[51]의 단편 소설 〈그의 삼 일(Ses trois jours)〉[52]의 주인공처럼 평범한 가정생활을 갈망하는 모든 여성들에 대해, 혹은 조금 더 많은 행복이 아닌 조금이라도 더 많은 인간적 존엄성을 얻기 위해 싸우는 지구상의 모든 이들에 대해 생각해볼 수 있다.

행복에 관한 이론을 포함한 모든 이론들은 어떤 한계선 아래에서는 대체로 한 줌의 가루가 되고 만다. 사르트르(Sartre)가 그를 유명하게 해주었던 소설[53]을 암시하면서 "굶어 죽어가는 아이 앞에서, '구토'는 비교도 안 된다."라고 했을 때 의미한 바도 바로 이것이다. 굶어 죽어가는 아이 앞에서는 행복에 관한 지드의 이론도 역부족이다.

위의 내용을 유보해두더라도(이것이 중요함은 사실이다), 행복은 각자에 맞게 존재하며 각자의 개별성을 꽃피울 때에만 존재한다는 지드의 견해를 우리는 인정한다. 게다가 타인에게 할 수 있는 최고의 공헌은 바로 우리 자신을 실현하는 것이다. 지드는 이렇게 말하곤 했다. "스스로 행복할 줄 모르는 이는 타인의 행복을 위해 아무것도 할 수 없다."

-------

51  세네갈인 소설가. 인용된 소설은 프레장스 아프리켄 출판사(Éd. Présence africaine)에서 나온 모음집 볼타이크(Voltaïque)의 일부분이다 - 저자 주

52  일부다처제를 다룬 단편 소설이다.

53  《구토(La Nausée)》.

# 3장
# 기계와 인간 해방

**논제**

장 푸라스티에(Jean Fourastié)는 《20세기 위대한 희망(Le Grand Espoir du XXe siècle)》에서 다음과 같이 서술한다. "무의식적 반복의 영역에 속하는 노예적인 일들을 현대 기계가 도맡게 되면서 인간은 그 일들로부터 해방되었고, 사고력과 예측 능력이 있는 살아있는 존재에 고유하게 속하는 일들만이 인간에게 남겨졌다."
이러한 생각에 대해 설명하고 논하시오.

## 논제 분석하기

"노예적"이라는 단어는 옛날 기계들 특유의 속박 개념을 내포하고 있다. 현대 기계는 인간을 "해방"시킨다는 점에서 이전 기계들과 구분된다. 따라서 "현대 기계"라는 표현에 주안점을 두어야 한다.

찰리 채플린(Charlie Chaplin)의 영화 《모던 타임즈(Modern Times)》(1936)는 익살스러운 방식으로 연속 공정 방식의 노동을 매섭게 풍자하였다. 이 영화가 보여주듯, 과거의 기계는 인간 자체를 기계로 만들어버리곤 했다. 반대로 새로운 기계는 순전히 기계적인 일로부터 인간이 해방될 수 있게 해준다.

장 푸라스티에의 책은 1949년에 출간되었다. 정보 처리 기술의 발달은 이 책에서 옹호하는 주장에 분명한 확증을 가져다줄 것이다.

다시 한 번, 우리는 논제를 세심하게 읽는 것이 얼마나 중요한지를 확인할 수 있다. "현대"라는 단어를 앞서와 같이 설명하여 고려하지 않는다면 논제에서 벗어날 가능성이 아주 높다.


## 개요 제안

우리는 장 푸라스티에의 생각을 먼저 **설명**하고, 그 다음에 **논의**를 전개할 것이다. 개요는 논리적인 순서와 관계되기 때문이다. 설명은 장 푸라스티에의 주장의 근간이 되는 두 세대 기계들 간의 대조를 토대로 할 수밖에 없다. 설명 부분은 다음의 두 부분으로 구성될 것이다.

- 예전의 기계와 그 단점
- 현대의 기계과 그 장점

논의 전개는 이 작업이 끝난 다음에야 이어질 것이다.

# 상세 개요 예시

## 서론

　전통적으로 기계는 인간을 종속시키는 것과 연결되었다. 인간은 기계의 리듬을 따라야 했고 매우 분업화된 일을 하도록 강요당했으며 인간의 노동은 노예 생활과 다름없었다. 이를 보면, 기계가 인간을 해방시킨다는 장 푸라스티에의 생각은 역설적인 특징을 지닌 것처럼 보인다. 사실 핵심은 "현대"라는 단어에 들어 있다. 장 푸라스티에가 말하는 기계는 이전 것과 철저하게 대조되는 것이기 때문이다.

(물론 이 서론은 독립된 문단으로든 아니든, 논평해야 하는 인용문을 넣음으로써 보충되어야 한다.)

## Ⅰ. 설명

### › 예전의 기계

　기계가 인간을 자유롭게 한다고 무조건적으로 예찬하는 것은 현실과 거의 맞지 않는 순진한 주장이 될 수 있다.

### ‒ 창조를 대체한 제조

　기계는 매우 짧은 시간 안에 똑같은 제품들을 대량으로 생산해낸다. 직공들은 공장 라인을 따라 생산되는 제품들을 구상하는 데 조금도 관여하지 않는다. 이 직공들은, 제품을 직접 구상하고 구현하며 주관을 투입하는 것이 훨씬 더 중요하다고 생각하는 장인과 크게 다르다.

- **업무의 기계화**

　　최대 수익화를 기반으로 한 테일러(Taylor[54])식 기계 사용으로 인해 업무가 세분화되고("파편화된 작업"[55]), 노동자들의 행동이 기계화되었으며, 정해진 속도에 따라 제품이 생산되었다.

- **노동 환경의 악화**

　　《제르미날(Germinal)》같은 소설들은 산업 혁명이 노동 환경에 가져온 끔찍한 결과에 대해 이목을 집중시켰다. 빌레르메(Villermé[56])의 유명한 연구들 또한 같은 견해를 보여주었다. 19세기 영국 상황에서 이러한 부정적인 결과는 특히 여성이나 아동들과 관련되어 있었다. 아이들은 밥을 먹는 동안에도 유리를 만드는 가마 앞에 서 있어야 했다.

　　같은 시기 프랑스에서는 몸집이 작다는 이유로 아이들을 실크 방적기 밑에서 일하게 했다. 정부는 이러한 환경에서 자란 아이들의 90%가 징병 검사(병역을 수행하기에 적절한지를 결정하는 검사)에서 탈락하는 것을 보고 동요했다.

## › 하지만 장 푸라스티에가 말하는 것은 현대 기계이다

　　그러나 푸라스티에는 모든 기계에 대해 말하는 것이 아니라 20세기의

---

54　프레드릭 윈슬로 테일러(Frederick W. Taylor, 1856~1915)는 미국의 기술자이자 경영학자이다. 과학적 작업관리법(테일러 시스템)을 고안하여 경영합리화 및 공장개혁을 이끌어냈다. 테일러 시스템은 노동자의 표준 작업량을 결정하기 위한 시간 연구, 성과급 도입, 기능별 조직을 축으로 한 관리 시스템을 특징으로 한다.

55　Le travail en miettes. 다음 단락에 나오는 프랑스의 사회학자 조르주 프리드만(Georges Friedmann, 1902~1977)이 쓴 저서의 제목이다.

56　루이 르네 빌레르메(Louis René Villermé, 1782~1863)는 19세기 프랑스의 의사이자 사회학자로, 산업 재해의 예방과 치료에 관심을 가졌다.

"현대 기계"를 그보다 앞서 존재했던 기계와 대조한다. 현대 기계는 업무의 기계화를 사라지게 한다.

- **육체적 측면**

  단순 행동의 반복뿐만 아니라 복잡한 행동의 반복까지도 사라졌다. 기계는 인간보다 이러한 동작을 훨씬 더 빠르게 잘 수행한다. 자동화는 그야말로 인간을 반복적인 작업에서 해방시킨다.

- **지적 측면**

  정보 처리 기술 덕분에 현대 기계는 문서 분류와 검색, 각종 계산 등 수많은 기계적 업무들을 사라지게 한다. 이는 모든 분야, 심지어 정보 처리 기술의 발달을 빗겨갈 것처럼 보이던 분야에도 해당되는 이야기이다. 그 예로 그래픽 아트를 생각해볼 수 있다. 컴퓨터로 복잡한 페이지 레이아웃을 아주 빠르게 만들 수 있기 때문에, 그림을 그리는 이들이 상당한 시간을 벌게 되었다.

인공 지능을 생각해보면, 장 푸라스티에가 인간에게 고유하다고 여겼던 영역조차 기계가 조금씩 침범하는 경향을 보인다는 사실에 주목해야 한다.

따라서 언뜻 보기에는 장 푸라스티에의 주장이 증명되는 것처럼 보인다. 기계에 대해 비난했던, 그리고 지금도 비난하고 있는 점들은 초기 기계에 대한 것이지, 현재와 미래의 역사에 대한 것이 아니기 때문이다.

# II. 논의

> **장 푸라스티에의 주장에 대한 비판**

이제 두 가지 종류의 기계가 본질적으로 다르다는 사실을 알았다. 그럼에도 불구하고 푸라스티에의 주장에 대해 다음과 같은 비판이 제기될 수 있다.

- **현대 기계는 단순 업무를 없애버린 것이 아니다.**

  예컨대 금융업, 인쇄업, 상업 등에서 컴퓨터를 사용해도 데이터 입력은 지겹고 기계적인 일이다.

- **기능공이 직공의 문제를 이어 받게 되었다.**

  여전히 우리는 자신이 수행해야 하는 동작들만 알고 있으면 되는 기능공들을 양성하는 데 만족할 뿐이다. 이러한 탈숙련화는 장인이 직공이 되며 겪었던 과정과 유사하다. 프리드만(Friedmann)은 그의 저서 《인간의 노동은 어디로 가는가?(Où va le travail humain ?)》에서 이렇게 서술했다.

  "포드(Ford) 사(社)에서 기능공은 대부분 진급한 사람들이고, 때때로 공장 라인에서 승진하기도 했다. 그들은 오직 하나의 기계에만 할당되어 매우 제한된 수의 상황만 다룰 수 있다."

  인쇄업에서도 같은 상황을 확인할 수 있다. 과거의 식자공(납으로 된 활자들로 책을 만들던 사람)은 매우 숙련된 기술을 가지고 있었다. 오늘날 그들은 컴퓨터에 데이터를 입력하는 사람들도 내체뇌었다. 겨우 며칠간 교육을 받고 양성된 이들은 아침부터 저녁까지 순전히 기계적인 업무를 수행한다.

- **제3세계에서는 특수하게 여전히 전통적인 기계가 사용되고 있다.**

사실, 전통적 기계의 영역은 확장되고 있다. 전통적인 기계는 특히 제3세계에서 새로운 분야들을 장악해나가고 있다. 앞에서 언급한 저작에서 프리드만은 다음과 같이 말했다.

> "공장 라인 업무와 반복적이고, 분업화되고, 고통스럽고, 정신적으로 피폐하게 만드는 업무가 차지하는 분야가 여전히 크다는 사실을 잊어서는 안 된다. 경제적으로 발전한 사회에서 그러한 분야들이 잃고 있는 것을, 산업화 초기 단계에 있는 제3세계 국가들에서 적어도 일시적으로는 회복하고 있는 듯하다."

"인간은 (…) 해방되었"다는 표현을 넓은 의미에서 생각한다 하더라도, 한편으로는 현대 기계(첨단 기술)가 제3세계를 선진국에 재정적, 기술적, 정치적으로 더욱 의존하게 만든다는 사실을 인정해야 한다. 현대 기계는 인간 해방을 구성하는 요소가 아니다. 심지어 선진국들조차 정보 통신 기술에 있어서는 미국에 의존하게 된다. 앨빈 토플러(Alvin Toffler)가 《권력이동(Powershift)》에서 잘 보여주었듯이, 현대 사회에서 권력은 지식에 있다.

## 결론 방향 제시

기계의 진화로 인해 많은 비판들이 시대착오적인 것이 되었다는 점은 확인된 사실이다. 하지만 순진한 승리감에 도취되어서는 안 된다. 기존의 수많은 문제들이 단순히 다른 형태로 재생산되고 있을 뿐이다. 또한 이러한 문제들을 순전히 기술적인 영역에 한정시켜서도 안 된다. 하지만 인간이 기술을 잘 이용할 줄 알게 되고, 기술이 그 고유의 문제를 비롯한 주된 문제들을 해결함으로써 인간의 해방에 기여할 것이라 기대한다.

4부 일반 주제 논술

# 4장
# 광고와 폭력성

**논제**

한 현대 사회학자는 다음과 같이 말했다. "광고는 욕망하지 않는 것도 욕망하게 만든다는 점에서 현대 사회에 나타나는 궁극적 폭력이다."
이 주장에 대해 논평하시오.

## 🗂 일러두기

### › 논제의 유형

주어진 논제는 현대 사회와 관련되어 있다. 따라서 현대 사회를 분석할 수 있음을 보여주기 위해 광고를 예시로 들거나 최근의 이슈에 의거하는 것이 좋을 것이다. 그러나 이 논제에 드러난 문제의식이 제기된 지는 오래되었다. 사람들의 설득은 어느 지점에서부터 폭력으로 다가오는가?

### › 논제의 키워드

첫 번째 단락에서는 "욕망"('필요'와 대립되는 의미)과 "욕망하지 않는 것"이라는 두 가지 키워드를 정의한다. 논의를 조직하는 것은 문제의식이 이처럼 잘 정립되었을 때만 가능할 것이다.

# 상세 개요 예시

## 서론

상업 거래를 야기하는 모든 경제적 소비는 '필요'에 따라 이루어지는가? 이 질문에 답하려면 먼저 경제적 재화에 대한 필요를 측정해야 한다. 그리고 상황의 다양성을 고려하지 않고는 그 필요가 측정될 수 없다.

위의 질문은 '경제적 재화 또는 상품의 소비는 모두 소비자의 자발적 수요에 상응하는가?'와 같이 환언할 수 있다. 그런데 광고의 반복으로 인해 이 자발성에도 의문이 제기된다. 이에 한 사회학자는 "광고는 욕망하지 않는 것도 욕망하게 만든다는 점에서 현대 사회에 나타나는 궁극적 폭력이다."라고 주장한다. 이 주장은 우리를 경제와 심리의 경계로 이끈다.

## Ⅰ. 욕망하지 않는 것을 욕망하는 것

### › 필요와 욕망

모든 소비재는 우리가 소비자라고 부르는 사람의 수요의 대상이 될 수 있다. 이러한 수요는 다음 두 가지에 해당될 수 있다.

| | |
|---|---|
| **필요** | 생리적 욕구에 따르는 것 (먹기, 자기, 악천후로부터 자신을 보호하기 등) |
| **욕망** | 문화적 욕구에 따르는 것 |

그러나 경제학자들은 이처럼 필요와 욕망을 구분하지 않고, 두 가지 모두 수요의 근원에 있는 '필요'로 본다. ("필요의 근원이 위(胃)든 환상이든 그 본질은 거래에 아무런 변화도 주지 않는다." -마르크스(Marx))

## › 수요를 만드는 것

　기술 발전과 세계 시스템의 역동성은 점점 더 많이 생산하도록 강요한다. 만약 수요가 충족된 이후 새로운 수요가 나타나지 않는다면 이러한 생산 활동이 정체되고 말 것이다. 광고의 역할은 소비자들의 마음속에 욕망을 불러일으킴으로써 수요를 만들어내는 것이다. 헨리 포드(Henry Ford)는 "필요를 만드는 것은 생산이다."라는 말을 통해 이러한 상황을 압축적으로 표현했다.

　소비자들은 별로 유용하지 않거나(기발하지만 실용성 없는 잡다한 기구, 유행하는 제품) 심지어는 위험을 유발하는(지방 제거나 성형을 위한 외과 시술) 재화를 얻기 위해 빚을 지게 될 것이다. "욕망하지 않는"이라는 말은 이처럼 '필수적이지는 않은 (그러나 빚이나 욕구불만의 근원이 되는)' 혹은 '해로운'이라는 의미로 이해해야 한다. 또 다른 예시를 찾아볼 수도 있다. 휴대폰은 그것이 가진 이로움보다 사용자와 그 주변 사람들에게 끼치는 '해로움'이 더 클지도 모른다.

　광고는, 엄밀한 의미에서 그 유용성이 의심될 수 있는 제품과 서비스에 대한 수요를 만들어낸다. 광고에서 선전하는 물건을 갖고자 하는 욕구는 결국 사람들이 본질을 보지 못하게 만든다. 이는 조르주 페렉(Georges Perec)의 《사물들(Les Choses)》이라는 소설에 나타나 있다.[57] 이러한 방식으로 문제를 검토함으로써 우리는 광고가 "욕망하지 않는 것을 욕망하게" 한다고 마땅히 말할 수 있게 된다.

---

57　"제롬과 실비라는 젊고 매력적인 사회주의자 한 쌍의 지적 쇠퇴를 그리고 있다. 풍요로운 사회에 의해 장려되는 행복 추구는 자신도 모르는 사이에 그들을 좌절하고 체념한 중산층 부부로 바꿔놓는다."(《죽기 전에 꼭 읽어야 할 책 1001권》, 피터 박스올, 마로니에북스, 2007.)

# Ⅱ. 궁극적 폭력

> ### 모든 곳에 존재하는 광고

광고가 욕망을 유발하기 위해 사용하는 방법이 다음과 같이 기만적이라는 점에서 광고는 폭력이다.

- 광고는 소비자의 머리에서 떠나지 않을 정도로 반복된다.

- 광고는 겉보기뿐인 허영적 만족감을 내세워 제품의 가치를 높이려한다. (담배가 귀족이나 파일럿과 같은 명망 있는 계층과 연결되거나, 미국의 소 치는 사람이 카우보이가 되듯 명망 있는 것처럼 표현되는 것이 그 예이다.) 홍보하는 자동차에 대해서 아무것도 말하지 않는다고 비난을 받은 한 광고업자는 이렇게 답했다. "저는 자동차를 선전하지 않습니다. 파란 하늘과 작은 새들을 선전하는 것입니다."

- 시각적 혹은 청각적으로 리듬에 맞춰 광고 문구를 읽거나 랩(rap)의 리듬을 이용하여 상품을 소개한다. 예를 들어 식전용 포도주인 뒤보네(Dubonnet)는 '뒤보, 뒤봉, 뒤보네(Dubo, Dubon, Dubonnet)'라는 광고 문구를 사용하였고, 자동차 회사인 보쉬(Bosch)는 '세 보, 세 비앵, 세 보쉬(C'est beau, c'est bien, c'est Bosch)'라는 문구를 사용하였다.

- 광고는 어디에나 존재한다. 축구 경기 시작 전에는 물론이고 하프 타임 때나 때로는 경기 중에도 관람석 아래쪽, 즉 카메라가 비추는 곳에서도, 선수들의 유니폼, 의료팀의 가방과 트랙수트 등에서도 광고를 찾아볼 수 있다.

- 잡지들은 특히 연휴 기간에 잡지라기보다는 통신 판매 카탈로그에 더 가까워 보인다. 이에 한 대형 언론사의 사장은 다음과 같이 말했

다. "우리 기자들의 기사는 광고들 사이에 약간의 여백을 두기에 좋은 수단이다."

### › 간접 광고

광고는 영화 속에 간접적인 방식으로 나타난다(돈을 받고 자동차나 음료의 상표를 드러낸다). 광고업자들은 아직 광고에 사용된 적 없는 틈새시장을 끊임없이 찾아다닌다. 몇몇 광고업자들은 산 정상이나 휴지를 이용하기까지 했다.

- 영화나 경기를 중단시키는 등 종종 큰 피해를 주면서 끊임없이 등장한다.

- 무의식에 영향을 미치기 위해 현대 심리학에서 나온 기술을 사용한다. 시각적인 서브리미널 광고(의식이 지각할 틈 없이 반복을 통해 무의식에 새겨지는 광고)에 대해서는 많이 들어 보았을 것이다. 그에 대한 성과가 입증되지는 않았지만 관련 실험들이 진행된 바 있다.

- 이러한 광고는 은밀한 성격을 지닌다. 잡지에서는 광고처럼 보이는 광고(종종 '광고' 표시 다음에 나온다)와 기사형 광고가 구분된다. 후자의 경우, 광고적 특성이 전혀 나타나지 않는 기사 속에서 상품이 강조된다. 이러한 기사 형태의 광고가 가장 효과적이기 때문에 몇몇 대형 브랜드들은 마치 우연인 것처럼 자신들의 상품을 더욱 특별하게 지원해줄 잡지를 단순히 사거나 만들기도 한다. 이러한 광고 방식은 음원 시장이나 IT 분야에서 특히 빛을 발한다.

- 상대적으로 취약한 대상인 어린이를 겨냥한 광고가 많아졌다.

이러한 폭력을 고문이나 전쟁의 파괴와 같은 차원에 놓지 않더라도, 광고는 때때로 완전한 정신적 강요의 형태로 나타나기 때문에 폭력이라고 할 수 있다. "궁극적 폭력"은 가장 교묘한 폭력이라는 점에서 궁극적이다. 광고는 우리의 자유를 은밀한 방식으로 앗아간다. 우리는 스스로 자유롭게 결정한다고 생각하지만 실제로는 외부에 의해서 결정된다. 심지어 우리가 자발적으로, 따라서 자유로이 행동한다고 느끼는 순간에조차 조종당하고 좌지우지된다.

## III. 미묘한 관점 전환과 해결책

"궁극"을 '시간상 마지막'이라는 뜻과 '교묘함의 층위상 마지막'이라는 뜻으로 파악한다면, 그리고 '폭력'이라는 단어에 대해 위에서 유보한 부분을 남겨둔다면, 우리가 설명한 문구가 꽤 풍부하고 적절하다고 인정하게 된다. 그러나 조금 편파적인 이러한 관점의 방향을 미묘하게 틀어볼 수도 있다.

### › 미묘한 관점 전환

- 광고가 야기하는 몇몇 행동은 소비자들의 이익에 부합한다. 예를 들어, 특히 농촌 지역에서의 위생 시설 발달과 샤워실 설치는 아마 여성 잡지에 실린 광고에 의해 촉진되었을 것이다.

- 광고가 점점 더 교묘한 방법들을 사용한다면 소비자 측은 점점 더 그에 대해 잘 알게 되고, 따라서 광고에 의해 조종당하기 더 어려워진다.

- 공익을 위해 만들어진 정보성 캠페인들은 광고를 위해 개발된 기술들의 혜택을 받았다.

(행동 촉구를 목적으로 하는 '선전'은 구매 행위 발생만을 지향하는 광고와 구분되어야 할 것이다.)

### › 해결책

거의 항상 그렇듯이 해결 방안에 관해서는 위로부터의 실행(정책)과 아래로부터의 실행(교육)을 동시에 모색한다.

### - 법적 규제와 정보 제공

생산자가 상품의 속성(성분, 원산지, 제조 일자와 유통 기한, 정량)을 정확히 소비자에게 알리도록 하는 법이나 허위 광고를 처벌하는 법이 존재하기는 하지만 그것을 적용하는 데 있어서는 여전히 미진한 부분이 있다.

정보 제공의 영역에서는 소비자 단체가 중요한 역할을 할 수 있다. 소비자 운동(소비자에 대한 조직적 보호 활동)에 점점 더 큰 중요성이 요구된다. 미국의 랠프 네이더(Ralph Nader)[58]나 프랑스 소비자 연합회(Union fédérale des consommateurs)[59]이 그 예이다. 그러나 만약 《5천만 소비자들(50 millions de consommateurs)》[60]과 같은 잡지들이 정부 부처에 좌우되고 정부에 대해 완

---

[58] 랠프 네이더(Ralph Nader, 1934~)는 1960년대에 미국에서 소비자 보호 운동을 주도한 변호사이다. 'GM(제너럴모터스)'의 결함차를 고발하는 등 여러 대기업과 정부의 부정을 고발하며 시민의 대변자를 자처했다.

[59] 프랑스 소비자 연합회(Union fédérale des consommateurs)는 1951년에 프랑스에 설립된 소비자 운동 단체로, 이후에 이름이 바뀌어 'UFC-Que choisir'라고 불린다. 소비자들에게 정보를 제공하고 그들의 권리를 보호하는 것을 목표로 한다. 소비를 유일한 기치로 내걸고 설립된 프랑스 최초의 단체이다.

[60] 프랑스 국립 소비자 연구소(Institut National de la Consommation)에서 발행하는 월간지이며, 소비 생활과 관련된 정보, 연구, 설문조사 등을 내용으로 한다. 현재 이름은 《6천만 소비자들(60 millions de consommateurs)》로 바뀌었다.

전히 독립적이지 않다면 문제가 제기된다.

**-  교육**

학교가 학생들의 비판적 사고를 발달시키고자 한다는 점을 고려하면, 학교는 너무 쉽게 속임수에 넘어가지 않는 소비자를 양성한다고 볼 수 있다.

단체 활동가들 또한 교육의 측면에서 중요한 역할을 한다. 이 역할은 점점 더 중요해질 것이 요구된다. 대단히 조직화되어 있는 생산자들에 맞서 그들 자신이 조직화되어야 한다는 것을 소비자들이 자각한 것이다.


# 결론

논제의 인용문은 광고의 위험성을 분명하게 표현했다는 데에 의의가 있다. 또한 이 인용문은 이러한 위험성 자체를 최소화하기에 적절한 문제의식을 나타내기도 한다. 문제를 의식하는 것은 소비자들이 광고를 비난하도록 하는 것이 아니라 더욱 객관적인 광고를 요구하게끔 한다. 소비자 단체들의 '분석적 광고(정말로 상품에 대한 정보를 제공하는 광고)'가 시장 방향 설정의 중요한 동인이 되기를 바란다.

# 5장
# 여성 해방

1883년 프로이트(Freud)[61]는 "하지만 나는 모든 법적, 행정적 개혁들이 무산될 것이라 생각한다. 왜냐하면 한 인간이 사회에서 어떠한 지위를 가질 나이가 되기 훨씬 전에 자연의 여신이 여성의 운명을 아름다움, 매력, 부드러움과 같은 단어들로 미리 결정지었기 때문이다."라고 서술했다.
이에 대해 어떻게 생각하는가?

##  일러두기

논평해야 할 주장이 진술된 연도가 제시된 경우 이 정보를 사용하는 것을 절대 등한시해서는 안 된다. 위 논제의 경우 다른 분야에서는 선구자였던 프로이트가 여성 해방에 대해서는 당대의 사고를 따랐다는 점을 보여줌으로써 연도 정보를 사용할 수 있다. 다른 경우에는, 한 세기 혹은 몇 세기 전의 주장이 오늘날에도 여전히 시사성이 있는지 질문을 던져볼 수도 있다. 이는 비교적 단순하면서도 매우 적절한 문제 제기 방식이다.

......................................................................................

61  지그문트 프로이트(Sigmund Freud, 1856~1939)는 오스트리아의 생리학사이자, 정신병리학자로, 정신분석학을 창시했다. 대표적인 저서는 《꿈의 해석》, 《자아와 이드》 등이 있다. 최면술과 히스테리 환자를 연구한 결과 무의식과 성적 충동(리비도)이 인간 행동에서 가장 중요한 본능이라고 주장했다.

# 상세 개요 예시 ━━━━━━━━━━━━━

## 서론

여성은 우리 사회에서 오랫동안 완전한 권리를 가진 인간으로서의 지위를 인정받지 못했다. 여성은 남성과 같은 권리를 갖지 못했고, 나폴레옹 법전에서는 여성을 어린이, 정신질환자와 마찬가지로 법적 무능력자로 분류했다. 오늘날 법적으로는 상황이 나아졌지만, 여전히 특정 국가들에서는 여성이 낮은 지위로 취급된다.

인정할 수밖에 없는 이러한 현실을 해석하는 데 있어서 두 가지의 입장이 대립된다. 한편에는, 여성이 처한 이러한 상황이 그저 역사적 진보의 결과라고 생각하는 사람들이 있다. 이들에 따르면, 이 상황은 자연이 아닌 문화의 산물이며, 얼마든지 바뀔 수 있다. 다른 한편에는, 반대로 이러한 상황은 여성의 본성 자체에 내재되어 있으므로 그것을 바꾸는 것은 불가능하다고 생각하는 사람들이 있다. 특히 "하지만 나는 모든 법적, 행정적 개혁들이 무산될 것이라 생각한다. 왜냐하면 한 인간이 사회에서 어떠한 지위를 가질 나이가 되기 훨씬 전에 자연의 여신이 여성의 운명을 아름다움, 매력, 부드러움과 같은 단어들로 미리 결정지었기 때문이다."라고 쓴 프로이트의 태도가 그러하다. 운명론에 따라야 하는가, 아니면 진보의 가능성을 믿어야 하는가? 여성의 운명은 어쩔 수 없이 따르는 것인가, 아니면 선택하는 것인가?

## I. 프로이트의 견해에 대한 비평

프로이트에 따르면 여성은 완전히 설계된 운명을 따르는 듯하다. 중대한 과업들은 남성에게 맡겨진 채, '여자 인형'이 되는 것이다.

　프로이트가 주장하는 견해에 반대하는 사람들도, 여성들이 유혹의 욕망과 남성에 대한 의존의 감정으로 특징지어지는 특유의 '여성적' 행동을 자주 한다는 점은 인정한다. 그러나 본질적인 차이는 다음과 같다.

- 프로이트에 따르면 이러한 여성의 행동이 생물학적 구조에 새겨져 있다("자연의 여신"). 따라서 이는 본능만큼이나 굳어져있는 행동이다. 여성은 인형이 되도록, 그리고 인형밖에는 되지 않도록 생물학적으로 결정지어지는 것이다. 즉, 여성은 생물학적으로 인형이 되도록 결정지어져 '여성적인' 행동이 본능으로 굳어져있다는 것이다. '영원한 여성성'이라는 것이 존재하고 그 어떠한 개혁도 이를 바꾸지 못할 것이다. ("(…) 모든 법적, 행정적 개혁들이 무산될 것이라 생각한다.")

- 그의 견해에 반대하는 사람들은 프로이트가 여성의 행동을 오직 생물학적으로만 설명한 점을 받아들이지 않았다. 프로이트의 견해는 확실히 사회역사적 맥락 속에서 다시 바라보아야 한다.

　프로이트 견해의 반대자들은 여성의 행동에서 생물학과 자연이 차지하는 부분은 매우 적다고 생각한다. 반대로, 중요한 것은 여성들이 아주 어렸을 때부터 받아온 조건화이다. 예를 들어 여성이 유혹의 기술에 능하다면("아름다움", "매력", "부드러움"), 이는 남성이 지배하는 사회에서 그것 말고는 달리 방법이 없었기 때문이다. 여성이 어떤 순간에 특정한 분야에서 열등한 것으로 드러난다면, 이는 스포츠 분야를 제외하고는 여성의 본성과 관련된 이유 때문이 아니다. 이는 사회에서 여성이 처한 상황에 기인하는 것이다.

이러한 관점을 지닌 시몬 드 보부아르(Simone de Beauvoir)[62]의 말을 참고하길 바란다.

   "'영원한 여성성'은 '흑인의 영혼'과 상응한다. (…) 여성의 상황과 흑인의 상황은 깊은 유사성이 있다. 이들은 모두 오늘날 동일한 가부장주의에서 벗어났지만 이전의 지배 계급은 이들을 '이들의 자리에', 즉 그들이 정해준 자리에 고정시키려 한다. 두 경우 모두, 지배 계급은 분별 없고, 아이 같고, 잘 웃는 영혼을 지닌 '착한 흑인'의 미덕, '체념한' 흑인의 미덕, 그리고 '진정으로 여성다운' 여성, 즉 경박하고, 미숙하고, 무책임하며 남성에게 복종하는 여성의 미덕에 많든 적든 얼마간의 본심에서 우러나온 찬사를 쏟아낸다. 두 경우 모두 지배 계층은 그들이 만든 상황을 근거로 이용한다. 버나드 쇼(Bernard Shaw)의 유명한 농담이 있다. 그의 말은 요컨대 이런 것이다. "미국의 백인은 흑인을 구두닦이 신분으로 떨어뜨리고는, 이를 토대로 흑인이 잘하는 일은 구두닦이밖에 없다고 결론을 짓는다." 이와 유사한 모든 상황 속에서 이러한 악순환이 발견된다. 한 개인이나 개인들로 이루어진 집단이 열등한 상황에 고정되어 있을 때는 그가 열등하다는 것이 사실이 되어 버린다. 문제는 이러한 상황이 영원히 지속되어야만 하는지 아닌지를 알아야 한다는 것이다." (《제2의 성(Le Deuxième Sexe)》, Gallimard 출판사)

---

62  시몬 드 보부아르(Simone de Beauvoir, 1908~1986)는 프랑스의 소설가이자 시민운동가로,《제2의 성》,《사람은 모두 죽는다》,《레 망다랭》 등의 대표 작품이 있다. 사르트르와 평생 연인이었다는 것으로도 유명하지만 그녀의 여성론인《제2의 성》은 큰 반향을 불러일으켰다. "여성으로 태어나는 것이 아니라 여성이 되는 것이다(On ne naît pas femme, on le devient)."라는 구절로 유명한 이 책은 남성 위주의 여성론을 반박하고 자유로운 여성의 미래를 시사한다.

프로이트의 견해에 대한 중요한 비판점은, 문화적이고 따라서 변할수 있는 사실들을 그가 자연적이고 따라서 불변하는 것으로 여긴다는 점이다.

남성들이 만들어낸 '영원한 여성성'에 대해 시몬 드 보부아르는 역설적이지만 많은 의미를 담고 있는 이 문구로 답한다. "여성으로 태어나는 것이 아니라 여성이 되는 것이다." 논제로 자주 제시되는 이 문구는 여성의 행동을 결정하는 데에는 생물학적 요인보다 역사적 요인이 더 우세하다는 사실을 잘 표현한다.

## II. 개혁에 대한 문제

'영원한 여성성'에 대한 프로이트의 견해가 결과적으로 법적, 행정적 개혁에 관한 완전한 회의주의로 이어진다는 점은 쉽게 이해할 수 있다. 그러나 반대의 관점에서 본다면 개혁에 큰 중요성을 부여하게 된다.

› **"우리는 오직 자유 속에서만 자유를 향해 무르익을 수 있다."**

설사 여성이 남성과 동등한 시위를 가지기에는 충분히 성숙하지 않다는 말이 사실이라고 해도(물론 잘못된 말이다), 여성들을 계속 보호 하에 둔다고 해서 이 상황이 바뀌지 않는다는 사실은 자명하다. 이러한 보호가 바로 여성을 열등하게 만드는 것이다. 따라서 반대로 여성에게 기회의 평등을 제공해야 그들이 능력의 평등을 얻을 수 있다. 칸트(Kant)의 명언을 인용하자면 "우리는 오직 자유 속에서만 자유를 향해 무르익을 수 있다."

칸트가 위 명언을 설명한 기본 텍스트를 이하에 참고자료로 제시한다.

"나는 대단히 현명한 사람들도 사용하는 다음과 같은 표현에 적응할 수 없다는 것을 고백한다. '(자유와 법을 공들여 만드는 중인) 민족은 자유를 누릴 만큼 무르익지 않았다,' '귀족의 농노들은 자유를 누릴 만큼 무르익지 않았다,' '일반적으로 사람들은 아직 신앙의 자유를 누릴 만큼 무르익지 않았다.' 이러한 가설 속에서는 자유가 결코 오지 않을 것이다. 자유의 상태에 놓여있다는 선결조건이 있어야만 자유를 향해 무르익을 수 있기 때문이다(자유 속에서 자신의 능력을 펼칠 수 있기 위해서는 자유로워야 한다). 자유를 향한 초반의 시도들은 서툴 것이고, 대개 타인의 지배하에 사는 것보다 더 고통스럽고 위험한 상황으로 이어질 것이라는 사실은 분명하다. 그러나 또한 그 이후를 내다볼 수 있어야만 개인적인 노력으로 자유를 향해 무르익을 수 있다." (《이성의 한계 안에서의 종교(*Die Religion innerhalb der Grenzen der bloßen Vernunft*)》, 4부 2장 4절)

> ### 법적 평등이 필요하고,
> ### 여성에게 유리한 법적 불평등까지 필요할 때도 있다

법적 개혁만으로는 충분하지 않고, 흔히들 말하는 것처럼 마음을 바꾸는 것보다 법을 바꾸는 것이 더 쉽다는 것은 인정하지만, 여성에게 남성과 동등한 기회가 주어져야 한다.

극단적으로, 실제적인 진정한 평등은 때로 법적 불평등을 요구한다는 주장을 지지할 수도 있다. 이러한 주장은 실제로 중국과 몇몇 제3세계 국가들에서 실현되었다. 관습의 힘이 매우 강해서 대부분의 경우 법적 평등을 표명하는 것만으로는 충분하지 않다. 극단적인 경우에는 여성에게 유리한 법적 불평등이 여성의 불리한 사회적 조건을 상쇄시킬 수 있다.

다음은 불평등한 법의 예시이다.

- **중국**

    혼인법 제18조[63]에 따르면 남성은 아내가 임신 중이거나 출산 후 1년 이내인 경우 이혼을 요구할 수 없지만, 임신한 여성이나 갓 출산한 여성은 이혼을 요구할 수 있다.

- **아프리카**

    독립 이후 아프리카의 일부 프랑스어권 국가에서는 중학교 입학에 필요한 총액이 남학생보다 여학생에게 더 적었다. 여학생들은 아주 어려서부터 집안일에 전념해야 한다는 불리한 조건을 가지고 있었기 때문이다. 이러한 조치는 없어졌지만 이와 같은 예시는 여전히 그 이점을 유지한다.

유럽의 국가들에서는 이론적으로(법적으로) 여성과 남성이 구직에 동일한 권리를 가지고 있으나 실제로는 전적인 차별이 자행되고 있다. 화학 박사학위를 가진 여성은 동등한 학위를 가진 남성보다 일자리를 찾기가 더 어려울 것이다. 어떤 의미에서는 불평등한 법만이 평등을 이룰 수 있다.

거의 부재에 가까운 의회 내 여성의 점유율에도 문제가 제기되었다. 여성 국회의원의 의무적 쿼터 제도의 가능성이 거론되기도 했다. 그러나 이 해결책은 여성들 사이에서도 만장일치의 동의를 얻지 못했다.

---

63  이 책이 쓰인 당시 혼인법 제18조의 내용이었으며, 현재는 해당 내용이 2021년 1월 1일부터 시행되는 「민법전」 제1082조에 실려 있다.

> **이 단락의 결론**

> **이 단락의 결론**

개혁의 필요성을 지적하며, 법적 평등이 동일성을 의미하지 않는다는 것 또한 명확히 밝힌다. 남성과 여성은 서로 다르고 상호보완적이면서도 평등할 수 있다.

# 결론

프로이트는 정신분석학의 창시자이지만 여성 해방에 대해서는 명백히 퇴보적인 의견을 표명했다. 오늘날의 어떤 학자도 도덕적인 이유에서나 과학적인 이유에서나 그와 비슷한 입장을 감히 지지하지 않을 것이다. 그러나 현실과 과학의 반증에도 불구하고 많은 남성들은 여전히 여성을 '예쁘게 치장한 시녀'의 역할로 깎아내리는 이 견해를 지지한다. 그들은 인종차별주의자들과 마찬가지로, 자신들보다 더 약한 사람을 찾아야 하는 별 볼일 없는 사람들이라는 것을 알 수 있다. 어리석은 남성일수록 여성들이 현명하지 않다고 생각한다.[64]

---

64  이 문구는 《콩고 여행(*Voyage au Congo*)》에 나온 지드(Gide)의 표현에 빗댄 것이다. "현명하지 못한 백인일수록 흑인이 어리석다고 생각한다." - 저자 주

4부 일반 주제 논술

# 6장
# 스포츠 비평

| 논제 | 20세기 초 레옹 블루아(Léon Bloy)[65]가 주장했던 다음의 견해에 대해 복합 논평의 형태로 논평하시오. "나는 스포츠가 악한 바보 세대를 생산해내는 가장 확실한 방법이라고 굳게 믿는다." |
|---|---|

## 🗩 일러두기

### › 사용된 개요에 대한 설명

아래의 글에서 선택된 개요는 논제 설명-예증 및 논평형 개요로 분류될 수 있다(101쪽). 실제로, 우선 예시를 들어 레옹 블루아의 생각을 설명할 것이다. 먼저 "바보"라는 단어에 초점을 맞춰 첫 번째 단락에서는 대중의 우민화를, 두 번째 단락에서는 운동선수의 우민화를 다룬다. 그 다음, "악한"이라는 단어에 주목하여 세 번째 단락에서 이를 다룬다. 이어서 네 번째 단락에서는 사

---

65 레옹 블루아(Léon Bloy, 1846~1917)는 프랑스의 작가이자 평론가, 언론인으로, 대표적인 작품에는 《절망한 사나이》, 《가난한 여자》 등이 있다. 그는 열렬한 가톨릭 신자였으나 낭대의 주류였던 사년수의 문학과 세기 말 풍조, 그리고 부르주아에 봉사하는 성직자를 비판하며 문단에서 환영받지 못하는 삶을 살았다. 또한 그는 소설 외에도 비평문, 일기(journal) 등 다양한 장르의 글을 썼다. 논제에 제시된 인용문은 그의 일기 《비매품》에서 발췌되었다.

고를 확장한다. 이 단락에서는 두 종류의 스포츠를 구분하고, 블루아의 말이 오로지 (순전히 상업 사회의 변이가 되어버린) 프로 스포츠, 특히 정상급 프로 스포츠에 대해서만 적용된다는 것을 보여줄 것이다. 즉, 하나의 단락이 지나치게 무거워지는 것을 피하기 위해서 첫 번째 핵심 주제에 대한 논평을 둘로 나누어 글을 네 단락으로 구성하는 것이다.

아래의 글에서 사용된 개요는 문제-원인-해결형 개요와도 유사하다(72쪽). 처음 세 개의 단락에서는 문제와 각각의 원인을 동시에 검토하고, 그런 다음 네 번째 단락에서 해결 방안들을 제시한다.

4부 일반 주제 논술

# 모범 답안 예시

## 서론

지식인들은 종종 운동선수들에 대한 모종의 멸시를 보인다. 이 비난은 때때로 거의 정치적인 양상을 띠기도 한다. 스포츠는 더 이상 어른들이 동심을 되찾기 위해 하는 활동이 아니라, 애호가들을 유아기에 고정시키기 때문에 사회에 중대한 위협이 되는 활동으로 이해된다. 예를 들어 레옹 블루아가 20세기 초에 "나는 스포츠가 악한 바보 세대를 생산해내는 가장 확실한 방법이라고 굳게 믿는다."라고 쓰며 표현했던 바가 이것이다.

이후에 히틀러(Hitler)는 우리가 알고 있는 목적[66]으로 스포츠를 이용하면서 이 주장을 역사적으로 입증하게 되었다. 그렇지만 레옹 블루아의 논쟁에 대한 애착이 복잡한 문제를 지나치게 단순화한 것은 아닌지 질문을 던질 수 있다.

## I. 대중의 우민화

스포츠가 대중의 우민화를 이끌어낼 수 있다는 점을 납득하기 위해서는 지난 올림픽 경기들에서 무슨 일이 있었는지를 보는 것만으로도 충분하다. 여자 체조 경기에서는 국수주의가 능가하기 어려울 정도의 한계점에 도달했다. 대중은 자국의 선수들에게만 주목하고 응원을 보

---

66   히틀러의 독재 정권은 1936년 베를린 하계 올림픽을 통해 그들의 인종차별적이며 군국적인 특성을 평화와 환대로 위장했다. 아리아인의 외적 특성과 강인함은 이상적으로 묘사한 반면, 올림픽 경기에 앞서 많은 유대인 운동선수들은 독일 스포츠에서 제명되었다.

냈다. 자국 선수들의 작은 사이드 스텝 하나에도 경기장이 떠나갈 듯 박수갈채가 쏟아진 반면, 다른 체조 선수들은 소란과 무관심 속에서 연습하곤 했다. 자국 선수에게 열광한 관중들이 너무 소리를 지른 나머지 몇몇 '외국인' 선수들은 동작을 맞춰야 할 음악이 들리지 않아 눈물을 흘리며 마루 연기를 해야 했다. 심판들도 마찬가지로 한 발로 착지해서 들것에 실려 가기까지 한 주최국의 어린 선수에게 9.7점을 주는가 하면, 모든 전문가가 30위에 그칠 것이라고 말했던 선수를 5위로 평가하기도 했다.

이것이 단순한 트집 잡기일까? 일회적인 에피소드를 과도하게 이용하는 것일까? 전혀 그렇지 않다. 이것은 오늘날 스포츠가 조직되는 방식에 따라 발생하는 논리적이고 필연적인 결과이다. 재정적 혹은 정치적 문제점은, 하나의 큰 축제가 되어야 할 것이 완전히 변질된 스포츠로 귀착된다는 점이다. 희극은 때때로 비극이 되기도 한다. 축구 경기가 수십 명의 사람들의 죽음으로 끝이 나는 것은 다른 세계의 일이라고 생각되었지만 최근 사건들은 그 반대 사실을 보여주었다. 영국 브래드포드 (Bradford) 시티 구장에서 아마도 범죄적인 화재로 인해 발생한 56명의 사망자와 200명의 부상자, 브뤼셀(Bruxelles) 헤이젤(Heysel) 참사가 낳은 39명의 사망자와 454명의 부상자, 그리고 그보다 심각성은 낮더라도 더욱 최근에 발생한 다른 사건들에 대해 생각해보자.

하지만 민중의 이 새로운 아편에 의한 대중의 우민화에 대해 논의를 더 이어갈 필요는 없을 것이다. 그만큼 이는 명백하기 때문이다. 이제 특정 유형의 스포츠가 운동선수 자신에게 미치는 영향에 대해 질문을 던져봐야 한다. 개인의 성숙에 기여해야 할 스포츠가 가져오는 가장 확실한 결과가 그들의 우민화이지는 않은가?

## II. 운동선수의 우민화

중요한 것은 이기는 것이 아니라 참여하는 것이라는 피에르 드 쿠베르탱(Pierre de Coubertin)[67]의 격언은 여전히 공식 연설들을 장식하지만, 모든 사람들은 실제 사정을 알고 있다. 선수, 코치, 응원단, 책임자, 정치인들에게 중요한 것은 그들의 일류 선수 혹은 팀이 승리하는 것이다. 이처럼 값이 얼마가 되든 효율을 중시하는 의지는 스포츠의 완전한 탈선으로 이어진다. 정상급 선수들은 다음 경기의 성과를 위해 모든 것을 쏟아붓도록 지도받는다. 기존의 신체적 코치와 더불어 최근에는 정신적 코치가 등장했다. 정신적 코치의 중요한 임무는 선수가 도달해야 할 성과 외에 다른 것에 몰두하지 못하게 하는 것으로 보인다. 이처럼 선수의 모든 능력을 오로지 신체적으로 좋은 성적을 내는 데에 동원하는 것이 과연 정신적으로 이로울지에 대해서는 의문을 품을 수 있다.

전문 간행물들에서 도핑을 근거로 들며, 이러한 성과 추구가 신체에 미치는 영향에 대해 여러 차례 주목한 바 있으므로 이에 대해서는 빠르게 살펴보고 넘어갈 것이다. 하역 인부들만큼 근육질이었던 동독의 여자 수영 선수들을 중국인 선수들이 뒤이었고, 마치 보디빌딩 대회에서 나온 듯한 미국인 단거리 선수들이 그 뒤를 이었다. 이러한 미적인 면 이외에도, 누구도 이의를 제기하지 않으며 우리를 생각에 잠기게 하는 다음과 같은 사실을 기억해야 한다. 정상급 운동선수들의 평균 수명은 전체 인구의 평균 수명보다 월등히 짧다.

하지만 신체적인 측면은 잠시 내려놓고, 스포츠의 도덕적 역할로 방향을 바꾸어보려고 한다. 무엇보다도 건장한 전사를 양성하고, 대중의 에너지를 한데 모으고자 했던 피에르 드 쿠베르탱의 목적을 아마도 지나치게

---

67    피에르 드 쿠베르탱(Pierre de Coubertin, 1863~1937)은 프랑스의 교육자이며, 근대 올림픽 경기의 창시자이다.

이상화해서는 안 될 것이다. 그러나 이 근대 올림픽 경기의 창시자는 스포츠가 가진 도덕적 측면에서의 교육적 가치를 믿었다. 그가 오늘날 올림픽에서 돈이 수행하는 역할을 헤아려본다면, 협력 정신과 페어플레이보다 중요해진 경쟁과 속임수를 보게 된다면 아마 실망할 것이다. 그가 중요시하지 않았던 요소들로 인해 경기의 의미 자체가 사라지고 있는 추세이다. 축구 경기에서는 위험하기도 한 몸싸움이 비일비재하고, 프리킥을 얻기 위해 할리우드 액션까지 하는 경우도 허다해 이런 말이 나오게 된다. "어떻게 돼먹은 스포츠가 맨날 땅에서 뒹굴기만 하는 거야?"

최대의 수익을 올리려다보니 스포츠의 신체적 순기능과 동작의 아름다움, 도덕적 교육성, 또는 경기 그 자체가 희생되고, 스포츠는 그 본래의 목적으로부터 멀어지게 된다. 이렇게 빠르게 정리를 해보면 다음과 같은 내용을 이해할 수 있다. 스포츠는 공동체 정신을 가진 시민보다는 탐욕스럽고 자기중심적인 어린 늑대를 키워내는 데 더 적합하다.

## III. 악한 바보들

그러나 가장 심각한 문제는 어쩌면 다른 곳에 있을지도 모른다. 스포츠의 변질된 발상은 다른 측면에서 걱정스러운 위험들을 내포할 수도 있다. 레옹 블루아는 아마 "악한" 바보라는 말을 사용하면서 이러한 부분을 생각했을 것이다. 일부 스포츠 지도자들이 생각하는, 그리고 파시스트 지도자들이 생각했던 대로의 스포츠는 일종의 '동물성', 즉 원초적 힘에 대한 숭배로 이어진다. 흔히 반지성주의와 함께 나타나는 힘에 대한 예찬으로부터 강자가 약자를 굴복시켜야 한다는 생각에 이르기까지, 히틀러 정권과 무솔리니(Mussolini) 정권은 딱 한 발자국 더 나아갔을 뿐이다.

그러므로 스포츠 단체의 지나치게 체계화된 모든 청년 조직이 불신을 불러일으킨다는 점을 이해할 수 있다. 힘과 규율에 기반을 둔 스포츠 대회들은, 어떤 맥락에서는 평화와는 거리가 먼 대규모 전투 훈련에 그칠 위험이 있다.

매우 모호하고 때로는 분명하게 파시스트적인 일부 스포츠 응원단들의 성격도 레옹 블루아가 걱정한 방향으로 나아가 그의 걱정을 사실로 확인시켜줄 수도 있다. 그렇다고 해도 스포츠를 모든 악의 근원으로 만드는 것은 지나쳐 보인다. 이러한 스포츠와 신-파시스트 움직임의 결탁은 스포츠 그 자체에서 비롯된 것이 아니고, 스포츠 그 자체에서 비롯된 것이 아니고, 스포츠를 행하는 데에서 비롯된 것은 더더욱 아니며, 사회의 위기로부터 비롯된 것이다. 이러한 선동은 오직 정상급 선수들의 대회에 결합되는데, 이는 그러한 경기들이 최고의 미디어 전파 기회를 제공하기 때문이다.

이와 더불어 미디어로 전파되는 이 정상급 스포츠 경기를 단순한 스포츠와 구분할 필요가 있다. 스크린을 독점하는 것에 대해서만 이야기하다 보면 순전히 즐거움을 위해 걷고, 구르고, 수영하고, 노를 젓는 수백만 명의 사람들을 잊어버리고 만다. 이런 사람들에게는 레옹 블루아의 독설도 적용되지 않는다. 스포츠는 여전히 많은 사람들에게, 특히 젊은이들에게 즐거움과 놀이로 남아있다. 15 대 0으로 패배했지만, 조금도 흥분하지 않고 평온하게 "좋은 경기였어."라고 말하는 여덟 살 축구 선수를 떠올려 볼 수 있다.


## IV. 해결 방안

앞서 신중한 태도를 보이기는 했지만, 우리는 돈과 정치의 영향으로 스포츠가 본질에서 벗어나는 것을 목격하곤 한다. 그러나 이것은 스포츠 그 자체의 숙명이 아니다. 여러 차원에서 세심한 노력을 기울이면 스포츠가 이처럼 '문화의 진정한 수단'이라는 근본적 소명에서 벗어나지 않도록 할 수 있다. 우리는 이러한 관점에서 기자, 교육자, 그리고 정치인의 책임을 검토해볼 것이다.

  기자들은 자극적인 기사를 쓰기 위해 '스타덤'을 조장하는 경향이 매우 강하다. 보도에서는 개인의 활약이 그것을 가능하게 해준 팀의 노력보다 훨씬 강조된다. 예를 들어, 카메라는 득점한 선수에게 오래 머물고, 득점하기까지의 준비 과정이라는 대개 더 중요한 작업을 수행한 선수들은 무시해버린다.

  또한 기자들의 보도는 주로 국수주의적이다. 운동선수의 국적은 동작의 아름다움보다 더 중요하게 여겨진다. 규모가 큰 국제 대회 기간 동안 국가 간 이동을 하는 선수들은 다른 경기에 참가한다는 인상을 받을 정도이다. 이처럼 올림픽과 같이 보편적인 소명을 가진 세계인의 모임은 최악의 경우 편협한 애국심에 다다르기도 한다.

  교육자는 기자보다 경제적 유인의 압박에서 자유롭다는 이점이 있다. 따라서 운동선수들의 도덕 교육에 있어서 중요한 역할을 할 수 있다. 특정 선수를 주목하기보다 단결력을 강조하고, 페어플레이를 예외가 아닌 원칙으로 만들고, 미학적 측면처럼 스포츠에서 너무나 자주 간과되는 측면들이 결과에 대한 강박관념 때문에 사라지지 않도록 하고, 스포츠가 거대한 '우민화'의 기업으로 변질되지 않도록 최선을 다하는 것은 교육자들의 몫이다. 일반적으로 그들의 역할은 신체 경기가 권력 의지나 타인에 대한 멸시를 부추기지 않고, 기분 전환을 넘어서서, 아프리카 전통의 통과의례처럼 지적, 도덕적 교육의 수단으로 남을 수 있도록 노력하는 것이다.

이러한 태도는 스포츠를 넓게 이해할 것을 요구한다. 통과의례는 성과 향상을 위한 기술 습득만을 목표로 하지 않아야 하며, 인류학자 마르셀 모스(Marcel Mauss)의 권고에 따르면, 충분한 휴식과 숙면을 취하는 기술을 획득하는 것 또한 목표로 해야 한다. 신체의 균형에 대한 관심이 업적에 대한 관심보다 우위에 있는 것이다.

게다가 신체적 활동을 개별적으로 생각해서는 안 된다. 신체적, 심리적, 도덕적 그리고 심지어 정치적 요소들까지 다양한 요소들이 서로 얽혀있다는 것을 교육자가 인식하는 것이 중요하다. 교육자는 자신이 맡은 학생들에게 이러한 얽힘을 인식시켜주려고 애써야 한다. 스포츠 교육이 여러 활동들의 교차점에 있는 이상, 그것은 개인의 발달에서 근본적인 역할을 수행할 것이며, 따라서 문화의 진정한 수단이 될 것이다.

정치인의 책임은 교육자의 책임과 연관될 수 있다. 왜냐하면 서로 다른 수준에서 그들은 동일한 역할을 수행하기 때문이다. 이들의 역할은 무엇보다도 목표를 정의하는 것이고, 메달을 얻는 것보다 시민들의 건강을 우선시하며, 정상급 선수들 사이의 경쟁보다 모든 사람들의 스포츠 활동을 장려하는 방법을 사용하는 것이다.


## 결론

레옹 블루아의 비관적인 예측이 어느 정도 사실이라 할지라도, 뒤마즈디에(Dumazedier)[68]가 "50년 만에 쿠베르탱의 모든 생각들은 부정당했다."라고 요약해서 말한 현상이 스포츠에 대한 최종 선고를 이끌어내서

---

68 조프르 뒤마즈디에(Joffre Dumazedier, 1915~2002)는 프랑스의 사회학자로, 여가(loisir)에 관한 이론의 선구자이다.

는 안 된다. 반대로 매우 고귀했던 최초의 이상이 타락하는 것을 막기 위해 모든 적절한 조치를 취하도록 부추겨야 할 것이다. 여하간 운동선수들을 사회의 모든 죄악의 원흉으로 취급하는 것은 피해야 한다. 스포츠의 세계를 지배하는 불안은, 경쟁 예찬과 동지애를 향한 열망 사이에서 이러지도 저러지도 못하는 사회의 불안을 반영한 것뿐이다.

4부 일반 주제 논술

# 7장
# 용서와 망각

논제

다음의 문구를 설명하고 논평하시오.
"용서하라, 그러나 잊지 마라."

# 모범 답안 예시 ──────

## 서론

　레지스탕스[69]를 기리고 나치 대학살의 피해자들을 추모하는 많은 기념비들에는 다음과 같이 대립으로 환원될 수 있는 글귀가 새겨져 있다. "용서하라, 그러나 잊지 마라." 이와 같은 문구들은 이목을 끌고 지나가는 사람들이 의문을 가지게 한다. 사실 언뜻 보기에는 용서가 치욕을 잊는 것을 내포하는 듯하다. 말하자면, 잘못이 있기 이전의 상태를 되찾기 위해 일어났던 일을 지우개로 지우는 것이다. 따라서 문제는, 일어났던 일을 생생하게 기억하는 동시에 그것을 흘려보내는 것이 어떻게 가능한지 아는 것이다. 그 다음에는 왜 그렇게 해야 하는지에 대한 질문이 제기될 것이다. 왜 고통을 되새기고자 하는 의지는 지속적인가? 무엇 때문에 고통스러운 과거를 마음속에 생생하게 가지고 있으려는 경향은 끊임없이 재확인되는 것인가?

## Ⅰ. 복수, 용서의 거부

　용서의 반대말은 복수이다. 복수는 잊기를 거부하는 행위에서 비롯된다. 복수에 눈이 먼 자는 자신 혹은 자신의 가족에게 가해졌던 아픔을 오래도록 기억한다. 복수에 눈이 먼 자라고 불리는 사람은 바로 자신 혹은 자신의 가족에게 가해졌던 아픔의 기억을 계속해서 가지고 있는 사

---

69　레지스탕스(la Résistance)는 제2차 세계 대전 때 나치에 대항했던 프랑스 시민들의 저항운동을 가리킨다.

　　　　　　　　　　　　　　　　　　4부 일반 주제 논술

람이다. 예를 들어, 세대에서 세대로 이어지는 코르시카인들의 복수는 이를 잘 보여준다. 이 경우 고통을 잊을 수는 있지만, 가해자가 같은 고통을 겪을 때에만 가능하다. 옛날에 적용되었던 탈리오 법칙에는 '눈에는 눈, 이에는 이'라고 쓰여 있다.

사법 제도는 코르시카인들의 복수보다는 덜 잔인하지만 그것과 같은 원칙을 기반으로 작동한다. 사법 제도에서도 범죄자에게 가해진 처벌이 피해자가 겪은 고통을 보상할 수 있다고 여겨지기 때문이다. 처벌을 받으면 그 죄는 언론 기관에서 다시 거론되지 못할 정도로 완전히 '잊힌' 것처럼 보일 것이다.

용서의 대척점에 있는 이 복수에 대한 욕망은 충동적인 움직임에 해당하며 '원초적인' 반응을 나타낸다. 몇몇 국가에서는 운전 중에 사망 사고를 낸 사람을 그 자리에서 죽이기도 한다. 사법 기구는 이와 같은 원시적 반응을 막고자 노력한다. 이런 노력은 그 영향력이 시간에 따라 확대되는 한 어느 정도 성공을 거둔다. 시간이 지나면서 피해에 대한 기억이 다소간 희미해질 수 있고, 그렇지 않더라도 최소한 폭력적인 반응이 진정될 수는 있다. 또한 사법 기관의 엄중한 환경도 반응을 어느 정도 통제하도록 만든다. 사법 기관의 목표는 충분한 시간을 취하고 제삼자를 개입시킴으로써, 모든 코르시카인의 복수 체계에 내재하는 폭력의 악순환이 펼쳐지는 것을 막는 것이다. 하지만 이러한 장치는 고통으로 고통을 보상한다는 개념에 근거하며 보상 후에 고통이 잊히기 때문에, 용서와는 거리가 멀다.

## II. 용서는 다른 차원의 것이지만 기억을 내포한다

용서는 보상이나 배상을 요구하지 않는다. 그러한 점에서 용서는 초인적인 무언가를 내포한다. 혹은 적어도 인간이 가진 '인간성'의 발전에 해당한다고 볼 수 있다. 복수는 인간이 원초적인 충동만을 따르는 단계, 다시 말해 일종의 야만성에 불과할 것이다. 사고(思考)가 충동을 견제하는 한, 사법 기구가 하나의 발전을 이룰 것이다. 그리고 용서는 세 번째 단계에 위치할 것이다. 의지에 의한 행동은 충동을 '본능적으로' 충족하는 것을 거부하기 때문이다. 여기서 우리는 파스칼(Pascal)이 구분한 세 가지의 주요 영역인 육체의 영역, 이성의 영역, 그리고 감성 혹은 자비의 영역을 발견한다는 점에 주목해보자.

파스칼의 구분을 참고함으로써 우리는 용서가 사법 제도와는 다른 영역에 해당한다는 것을 알 수 있다. 용서는 이성의 영역이 아니다. 용서는 계산적인 것을 일절 거부하기 때문에 대가 없는 행위라는 성격을 지닌다. 죄악이 비인간적인 것이라면, 용서는 초인적인 것이다. 용서는 중대한 일에 있어서 영혼의 위대함, 즉 어둡게 느껴지는 힘을 이겨내는 '관대함'을 내포한다. 겉으로는, 보복이라는 무의식적 경향을 따르는 사람보다 용서하는 사람이 더 '인간적'으로 보인다.

이 점에 대해서는 모두가 동의한다. 따라서 우리는 용서와 잊지 않는 것이 왜 불가분의 관계에 놓여있는지도 이해할 수 있다. 용서의 관대함, 즉 감성의 영역으로의 이행은 오직 고통이 기억 속에 남아있을 때에만 존재한다. 잊음으로써 얻는 이점은 하나도 없지만 용서함으로써 얻는 이점은 있다. 그렇다면 다음과 같은 질문이 떠오른다. 인간이 그 정도로 자신의 감정을 통제할 수 있을까?

프리모 레비(Primo Levi)는 저서 《이것이 인간인가(Si c'est un homme)》에서 위 질문에 대한 어려움을 잘 보여주는 한 일화를 이야기한다. 한 유대인 여성은 강제 수용소를 다시 방문하여 매우 차분하게 용서의 말을 전했다. 그녀는 독일 민족과 나치를 혼동하지 않아야 했고, 속죄될 수 없는 범죄라는 생각을 지워야 했다. 그녀는 대립을 강조하지 않고 독일 민족에

다가서고자 애써야 했고, 용서라는 위대한 도약을 이루어낼 힘을 가져야
했다. 요컨대 그녀는 차분하고 현명하고 이성적이며 합리적이기까지 하며
온유한 지성인으로서 연설을 했다. 그런데 어느 날 그녀는 카페의 테라스
에 앉아 있다가 옆에서 독일인 관광객들이 대화하는 것을 듣게 되었다.
그녀는 독일어가 들리자 분노에 휩싸여 그들에게 욕설을 퍼붓기 시작했
다. 결국 그녀의 친구들이 놀란 관광객들에게 대신 사과하며 그녀를 떼
어내야만 했다. 독일어를 듣기만 했을 뿐인데 마음속에 묻어둔 줄 알았
던 기억들이 생생하게 떠오르고 원한의 목소리를 잠재우려던 지성의 기
반이 무너진 것이다.

　이 일화에서 볼 수 있듯이 어려움이 존재하고, 예외적인 힘을 빌려야
만 용서가 가능하다고 할지라도, 용서는 이상이자 인간 행동의 규범으
로 삼을 만한 가치이다.


## III. 왜 기억해야 하는가: 역사의 교훈

　"감성은 이성으로는 결코 알 수 없는 감성만의 이유를 지닌다."라는
파스칼의 말을 수용함으로써 우리는 용서의 본질을 일부 밝혀냈다. 이
제 '왜'라는 문제가 남는다. 왜 용서해야 하는 동시에 잊지 않아야 하는
가? 두 가지 경우에 대해 같은 대답을 할 수 있을 것으로 보인다. 그것은
바로 과거의 처참함이 되풀이되지 않게 하기 위해서이다.

　우리는 용서의 반대 개념인 복수가 반드시 끝없는 폭력의 악순환으로
이어지는 것을 보았다. 그리고 법치주의를 특징짓는 사법 기관은 바로
이러한 폭력의 폭주를 피하기 위해 구성된다는 것을 확인히였다. 용시
는 이러한 의미에서 한 발자국만 더 나아가는 것이다.

　기념비나 시위, 또는 예술 작품을 통한 추모는 단순히 피해자들에 대

한 감사와 존경의 표시로 간주될 수 있다. 그러나 잊지 않으려는 마음이 이러한 측면으로만 제한되지는 않을 것이다. 기억해야 한다는 의무가 기반으로 하고 있는 근본적인 개념은 과거를 반복하지 않으려는 의지이다. 이로써 우리는 잊지 않기 위한 여러 방법들을 구분하게 된다.

추모는 비장함을 자주 이용하여 때로는 불행을 미화시키기에 이른다. 과거에 일어난 전쟁에 대해서 영웅적인 행위와 위대한 업적은 특히 칭송받을 것이다. 전쟁의 모든 추악한 모습은 등한시되고 만다. 복수심이나 남아있는 과거의 폭력성이 거기에 더해지는 경우는 차치하고라도 말이다. 이러한 종류의 기억은 고통을 근절하는 데 진정으로 기여하지는 못하기 때문에 우리는 이보다 더 적극적인 기억을 대신 택할 수 있다.

더 '적극적인' 기억을 통해 나타내고자 하는 점은, 단순히 사건들을 기억하는 것으로는 충분하지 않다는 것이다. 불행을 초래한 메커니즘을 분석하여 그 기억에 더할 필요가 있다. 강제 수용소의 경우를 살펴보자. 사람들이 그 사건을 (심지어 잊고 싶어하는 경우에도) 잊지 못한다는 이유만으로 수용소의 생존자들이 그것을 다시 떠올리는 것은 헛된 일이다. 그러나 다른 이들에게, 특히 다음 세대들에게 그에 대해 깨우쳐주는 것은 필요하다. 이전에 일어났던 일을 앎으로써 우리는 더 주의하게 된다. 그러나 이러한 회상이 진정으로 유용하기 위해서는, 끔찍한 사건의 재발을 막기 위해 무엇이든 하겠다는 의지와 분석이 보충되어야 한다. 불행을 유발한 메커니즘을 잘 이해해야만 같은 사건의 반복을 막을 수 있을 것이다. 이러한 방식의 기억은 복수로 이어지지 않고 용서와 완벽하게 양립하게 된다.

# 결론

따라서 "용서하라, 그러나 잊지 마라."는 과거가 아닌 미래를 향한 염려의 말에 해당한다. 과거의 희생과 불행에 대한 환기가, 그것이 미래에 재발되는 것을 막아줄 수 있도록 노력해야 한다. 증언은 죽은 자들에게 의를 다하는 행위이자, 동시에 살아있는 자들을 향한 경고이다. 우리는 경험이 개인을 더 지혜롭게 만들 수 있음에 전적으로 동의한다. 역사의 경험이 존재하지 않을 이유는 없다. 그 무엇도 인류가 필연적으로 발전한다는 보장을 하지 못한다. 그러나 만일 인류에게 필연적으로 발전할 수 있는 가능성을 부여하고 싶다면, 카뮈(Camus)가 말했듯이, "마치 그런 것처럼 행동"해야 한다.

5부
문학 논술

# 들어가기

　여기에서 사용하는 '문학 논술'이라는 표현은 하나의 작품 혹은 여러 작품들을 다루는 논술만을 지칭하는 것이다(앞으로는 이를 따로 언급하지 않겠다). 따라서 하나의 주제나 장르에 대한 일반적인 성격의 문학 논술은 일부러 제쳐두었다.

　**문학 논술**의 목표 중 하나는 수험생이 교과 과정에 포함된 문학 작품을 주의 깊게 읽었는지 확인하는 것이다. 따라서 시험을 통과하기 위한 필수 요건은 분석할 텍스트에 대한 정확한 이해이다. 이러한 요건이 충족되지 않으면 논술 작성 방법에 대한 모든 조언은 소용이 없다.

　위의 말은 상기시킬 필요 없는 자명한 사실로 들릴 수 있다. 그러나 심지어 대학에서도, 논술 시험 채점자나 면접관들은 종종 뜻밖의 상황에 마주한다. 클로드 루아(Claude Roy)의 《지나간 날들의 기록(Les Rencontres des jours)》에 나온 한 일화가 이를 잘 보여준다. 어떤 대학 교수는 교과 과정에 포함된 작품에 대해 명백히 잘 알지 못하는 학생 때문에 격노한다. 교수는 결국 학생에게 해당 작품을 읽었는지 안 읽었는지를 묻는다. 학생은 "직접 읽지는 않았습니다."라고 대답한다.

　클로드 로이는 이에 다음과 같이 설명한다. "'직접' 읽지 않은 책은

'직접' 경험하지 않은 일과 다름없다."

2부에 나온, 개요 구성에 대한 조언은 문학 논술을 쓸 때에도 완벽히 적용할 수 있다. 몇몇 개요들은 일반 주제 논술에는 매우 유용하지만 문학 논술에는 덜 적합하다는 것만 알아두자. 《악의 꽃(La Fleur du Mal)》을 주제로 한 논술(60쪽)을 쓸 때는 변증법적 개요보다 삼단형 개요가 더 어울린다는 것을 앞서 배웠다. 마찬가지로 사회 문제와 관련된 논제를 다룰 때에 아주 유용했던 문제-원인-해결형 개요는 문학 논술에서는 예외적인 경우에만 사용된다.

# 1장

## 작가의 솔직함
# 루소

---

70  장 자크 루소(Jean-Jacques Rousseau, 1712~1778)는 프랑스의 사상가이자 작가로, 대표적인 작품은 《신 엘로이즈》, 《사회계약론》, 《에밀》, 《고독한 산책자의 몽상》 등이 있다. 그는 많은 저서를 통해 정치, 교육 등 광범위한 문제를 다루었지만, 그의 주된 주장은 '인간의 자연성 회복'이었다. 또한 그의 작품 속 자아의 고백이나 자연 묘사는 19세기 프랑스 낭만주의 문학의 선구적 역할을 했다.

논제의 작품 《고백록》은 루소 자신의 생애를 사실적으로 기록한 자서전으로, 총 2부 12권으로 구성되어있으며 모두 그의 사후에 출간되었다.

1부에서는 출생부터 1741년까지의 이야기를 다루며 서정적인 분위기가 짙다. 반면, 2부는 1741년부터 1765년 생피에르 섬을 탈출하기까지의 이야기로, 어둡고 자기변호의 색채가 강하다.

# 모범 답안 예시

## 서론

　루소의《고백록》제1권은 파문을 일으키는 방식으로 시작한다.[71]

　작가는 자신이 의도한 바가 가진 특이성에 이목을 집중시킨다. 그는 생애 자체가 매우 남다를 뿐만 아니라("나는 내가 본 그 어떤 사람과도 다르다."), 자신의 삶에 대해서 이야기하는 솔직함 또한 매우 이례적이다. 한편, 몽테뉴[72]의 솔직함이 부족하다고 본 루소는 그의 솔직함과 자신의 솔직함을 가감 없이 비교한다. 몽테뉴는 자신의 실루엣만을 묘사한 반면, 루소는 정말로 모든 것을 말한다. "나는 나의 동류들에게 한 인간의 본연의 모습 그대로를 보여주고 싶다. 그리고 그 인간은 바로 나 자신이다."

　《고백록》이라는 극단적인 사례에 대하여 "작가는 솔직할 수 있는가?" 라는 질문을 던지면서, 우리는 루소가 완전한 투명성을 추구함에 있어서 얼마나 성공했는지를 판단하게 될 것이다. 그러나 구체적인 사례에 대한 이러한 분석을 통해 작가와 작품의 관계를 보다 보편적인 방식으로 밝힐 수 있을 것이다.

---

71　"여기 있는 그대로 완전히 자연 그대로 충실하게 묘사한, 앞으로도 유일무이하게 남을 인간의 초상화가 있다." (장 자크 루소 저, 《고백1》, 박아르마 역, 책세상, 2015.)

72　미셸 드 몽테뉴(Michel de Montaigne, 1533~1592)는 프랑스를 대표하는 사상가이자 문학가이다. 대표 저서로는 《수상록》이 있으며, 몽테뉴 자신이 경험하고 성찰한 내용을 책으로 엮어낸 것이다. 몽테뉴는 《수상록》을 통해 '있는 그대로'의 자신을 묘사하고자 하였다. 수차례의 수정과 보완 작업을 거쳤으며, 그가 겪은 사상의 변화가 고스란히 담겨있다.

# Ⅰ. 외부적 장애물

완벽히 솔직해지지 못하는 데에는 우선 외부적인 방해물이 있다. 루소의 시대에는 검열이라는 장애물이 존재했다. 루소와 동시대를 살았던 사드 후작(marquis de Sade)은 그러한 방해물을 무시하려 했기에 감옥에서 그의 인생의 많은 시간을 보냈다. 루소도 자신의 정치적, 종교적 글에 대한 검열로 인해 1762년에 체포 명령을 받았기 때문에 검열에 대해 잘 알고 있었다. 그렇지만 〈고백록〉은 그 어떠한 파격적인 이론도 담고 있지 않았기에 검열되지 않았다.

외부적 장애물은 사실 다른 차원에서도 나타난다. 자신의 인생에 대해 말하는 사람은 자신이 자주 교류하는 사람들에 대해 이야기할 수밖에 없다. 이때 단지 예의를 지키기 위해서든, 사람들의 다소간 격한 반응이 두려워서든, 이들의 기분을 상하지 않게 하기 위해 마음을 쓸 수 있다.

음모론은 배제해야 할 것 같아도, 루소의 경우 그의 적들, 예컨대 에피네 부인(Madame d'Épinay), 그림(Grimm), 볼테르(Voltaire), 그리고 어쩌면 루이 15세(Louis XV)의 재상인 슈아죌(Choiseul)까지도, 그가 아무 말도 못하게 하기 위해 공모한 것이 분명하다. 게다가 이 일에 있어 볼테르가 맡은 역할이 아주 현명하지는 못했다. 볼테르는 루소를 미친 사람으로 몰고가기 위해서 악의적인 비방문을 발표하는가 하면 비열한 방식으로 그를 밀고하기도 했다. 루소는 파리에 숨어서, 여전히 1762년 체포 명령 하에 살았다. 볼테르는 슈아죌이 루소에 대해 화가 나도록 부추기면서 다음과 같이 쓰기에 이르렀다. "나는 파리에 없는데 체포 명령을 받은 시계공의 아들[73]이 파리에 있다니 참 유쾌하네요."

하지만 모든 것을 말하고자 했던 루소의 계획에 닥친 장애물은 역설

---

73   루소의 아버지가 시계상이었다.

적이게도 예상한 효과와 정반대의 것을 가져온다. 볼테르는 《시민들의 감정(*Le Sentiment des citoyens*)》(1764)이라는 비방문을 통해 루소가 자신의 아이들을 버렸다는 사실을 전 유럽에 알리는데, 이는 오히려 루소를 채찍질하는 결과를 가져온다. 루소는 방해 공작에 격분하며 《고백록》의 첫 여섯 권을 집필한다. 그가 그 뒤의 여섯 권을 쓰기로 결심한 동기는 잘 알려져 있지 않지만 역시 같은 이유인 것으로 보인다. 이러한 추진력은 외부에서 비롯된 것이다. 루소는 도전에 응했다. 앞에서 일부를 인용한 제1권의 초반부는 처음부터 끝까지 도발적이다. "그리고 단 한 명이라도 감히 할 수만 있다면 '내가 좀 전의 그 사람보다 더 낫다'고 고하게 하소서."

## II. 자기변명 욕구

루소가 솔직함의 요건을 갖추지 못하게 하는 또 다른 요인은 자기 정당화 욕구이다. 자신의 잘못에 대해 이야기 할 때, 어떻게 단순한 속내 이야기에서 변명으로 넘어가지 않을 수 있겠는가? 어떻게 스스로를 해명하고, 따라서 자기변명을 하려 하지 않을 수 있겠는가? 회고록이나 자서전을 쓰는 사람들은 모두 이러한 어려움을 겪는다. 루소도 예외는 아니다.

심지어 이처럼 정당화하려는 시도는 가끔 천진무구할 정도로 위선적이어서 웃음이 날 정도이다. 바랑 부인(Madame de Warens)은 루소가 미성년자일 때 그와 잠자리를 가졌는데, 그녀가 독실한 신자라는 것을 생각하면 이는 충격적인 일이다. 그런데 루소는 이러한 행동이 전적으로 고결한 의도에 따른 것이라고 설명한다.

"그녀는 오로지 나를 어린 시절의 위기로부터 구해주려 했다. 그때는 내가 남자로 대우받아야 할 때였다."

루소는 이러한 행동이 바랑 부인의 교태가 아닌 "감정과 이성이 넘쳐나는 대화를 통해, 나를 유혹하기 위해서가 아닌 나를 가르치기 위한 대화를 통해 실행에 옮겨졌다"고 말한다.

이러한 종류의 수사학적 묘사는 여러 쪽에 걸쳐서 이어진다. 루소는 최후의 정당화로서, 바랑 부인이 육체적 매력을 가졌음에도 불구하고 파란만장한 삶을 살면서 단 한 번도 성을 팔지 않은 것에 감사해야 했다고 말하면서 이야기를 마쳤다.

같은 방식으로, 그가 아이들을 고아원에 버린 것은 좋은 의도에서 비롯된 것이었다. 여러 이유들 중에는 아이들과 관련해서 차악을 선택할 수밖에 없었다는 생각도 있었다.

"나는 그들의 장래를 황금을 쫓는 속물보다는 노동자나 농부로 미리 정해 두었기 때문에 이 결정을 내렸고, 이것이 시민이자 아버지로서 마땅한 행동이라고 생각했다."

자신이 결코 남들보다 나쁜 사람이 아니라는 것을 보여주고자 했던 루소는 마치 변호사가 그러하듯 과거를 재구성했고, 이는 때때로 당혹스럽게 느껴진다. 카뮈(Camus)의 《이방인(L'Étranger)》에 등장하는 배심원들처럼, 루소는 사건들을 회상하며 원래는 존재하지 않았던 일관성을 그것들에 부여하고자 애쓰는 듯한 인상을 준다.

# III. 기억의 공백

《고백록》제1권의 초입에서는 솔직함과 관련된 또 다른 문제가 제기된다. 루소가 자신이 기억하지 못하는 것들이 있을 수 있다는 사실을 인정한다.

> "그리고 내가 어떤 중요치 않은 수식어를 사용하게 된다면, 그것은
> 내 불완전한 기억이 만든 공백을 채우기 위함일 뿐이다."

이와 비슷한 말들은 《고백록》의 다른 부분이나 《고독한 산책자의 몽상(*Les Rêveries du promeneur solitaire*)》에서도 등장한다. 우리는 여기서 솔직함의 영역의 더 내밀한 영역으로 들어간다. 프로이트(Freud)는 이러한 기억의 공백이 심층적인 원인에서 비롯된 것일 수 있음을 우리에게 알려주었다. 이는 일종의 자기 검열에 해당될 수 있다. 우리는 스스로가 잊고 싶은 것들만 잊어버린다.

그렇다면 루소가 기억의 공백을 메우는 데 사용했던 "중요치 않은 수식어"에 대해서는 어떻게 이해해야 할까? 우리는 정신생활과 관련된 그 어떤 것도 우연적이거나 별 것 아니라고 여기지 않는 의심의 시대에 들어섰다. 루소는 자신이 한 일에 대한 간단한 목록, 묘사, 그림을 제시하였다. 그리고 우리는, 바로 그의 입을 통해 그가 이를 다소 수정하거나 심지어 지어낼 수 있다는 것을 알게 된다.

루소에게 이런 고찰은 대한 고찰은 부수적이다. 그는 스스로의 삶에 관해 '새로운 역사'(Nouvelle histoire)[74]의 지지자들이 문명의 거대한 흐름

---

[74] 새로운 역사(Nouvelle Histoire)는 1970년대 3세대 아날(Annales) 학파를 중심으로 형성된 역사 사조이다. 새로운 역사의 지지자들은 사고방식의 역사(histoire des mentalités)를 중시했으며, 전통적인 역사 서술에 반대하고, 인류학 등 다른 학문과의 경계를 허물며 포괄적인 역사 연구를 지향하였다.

을 위해 취했던 방식으로 행동하기 때문이다. 사실 기록이 등한시된 것은 아니지만, 우선적으로는 형성과 파괴라는 거대한 움직임에 관심을 둔다. 루소는 먼저 자기 영혼의 형성에 관심을 가진다. 그의 책에는 특정 사건을 이야기하고, 그 이야기를 통해 어떠한 미덕이나 악덕의 씨앗을 그 사건에서 찾아야 한다고 결론짓는 대목이 자주 등장한다. 이러한 총체적 시각에 따라 우리는 솔직함에 대한 문제를 더욱 명확하게 제기하게 된다.

## IV. 순간에 대한 솔직함과 일생에 대한 솔직함

몽테뉴는 루소가 누구보다도 변덕스럽고 불안정한 사람이라고 말했을 것이다. 루소 스스로 많은 부분에서 급변하는 모습을 보여주며 그의 성격의 모순적 성질을 그려낸다. 이를 통해 솔직함에 대한 문제와 직접적으로 연관된 질문이 제기된다. 이러한 찬란함의 이면에 진짜 루소는 어디에 있는가?

몽테뉴는 이러한 질문에 대답하는 것은 불가능하다고 결론지으면서 이와 같은 종류의 문제를 해결했다. 변덕스러움이 인간의 특성이기 때문에 이러한 변덕스러운 성격 이외의 다른 본질을 찾아내고자 하는 것은 무의미하다. 따라서 가능한 유일한 솔직함은 순간의 솔직함이며, 몽테뉴는 그 변화를 묘사하는 데 만족한다.

루소의 입장은 완전히 다르다. 물론 그도 과거, 특히 행복했던 순간들을 되살리는 데 관심이 있다. 그는 심지어 각각의 상황에 맞는 문체를 찾아야 한다고도 생각한다. 하지만 그에게 이러한 순간에 대한 솔직함은 충분하지 않다. 그는 무엇보다도 자신의 존재의 연속성에 관심을 두었기 때문에("내 존재의 연속성을 나타내는 감정의 사슬") 더욱 엄밀하게 자신의 존재의 기원을 복원하고자 노력한다. "이것은 내가 예고했던 나의 영혼에 대한 이야기이다."

그는 영혼의 이야기를 "충실하게" 쓰기 위해서는 자신의 안으로 들어가 보는 것만으로도 충분하다고 생각한다("내 안으로 들어가는 것"). 이때부터는 솔직함을 의심할 수 없는 것이다. 지성은 오류를 범할 수 있지만 마음은 잘못 생각할 수 없기 때문이다. 루소는《고백록》의 서문에서 "나는 내 마음이 느껴진다."라고 말하며, 제7권의 초반부에서는 "내가 느낀 것들에 대해서는 잘못 생각할 수 없다."라고 말한다. 보고 들은 것에 대한 오류는 중요하지 않다. 몽테뉴는 변화를 묘사하였고, 루소는 기원을 묘사한다. 루소처럼 말하자면, 세부적인 묘사는 성격과 영혼을 구성하는 본질 앞에서 잊힌다.

이렇듯 루소는 성격이 어떻게 형성되는지 설명하고자 했는데, 이는 그가 소위 '원 체험'이라 불리는 것들을 중요시했다는 사실을 보여준다. '원 체험'이라는 표현은 이야기되는 삶에서 인상적인 사건들을 가리킨다. 그 사건들은 지워지지 않는 흔적을 남긴다는 점에서 인상적이다.

루소의 말에 의하면, 그의 공화주의 정신은 플루타르코스(Plutarchos)[75]를 읽으면서 일찍이 싹텄다. 위대한 로마인들의 미덕이 그의 영혼 속에 들어왔고, 이 독서 활동을 통해 "이렇게 자유롭고 공화주의적인 정신을 형성할 수 있었고, 길들일 수 없으며 자존심 강한 성격, 구속과 억압을 참지 못해 평생 나를 고통스럽게 한 성격도 형성되었다." 랑베르시에(Lambercier) 아가씨가 벌을 주기 위해 루소의 볼기를 때린 사건은 여성에 대한 루소의 태도를 형성하는 데 결정적인 역할을 하였다.

---

75  플루타르코스(Plutarchos, 46?~120?)는 고대 로마의 그리스 출신 철학자이며 주요 저서로《영웅전》등이 있다.

"여덟 살 어린 아이가 서른 살 여자의 손에 벌을 받은 일이 나의 취향, 욕망, 그리고 열정을 좌우했다는 사실을 누가 믿을 수 있겠는가?"

랑베르시에 아가씨의 빗이 깨진 채로 발견되어 어린 루소가 범인으로 몰리게 된 일화 역시 원 체험 또는 그렇게 여겨지는 것의 일부이다. 그전까지 그는 부당함이라는 감정을 느껴본 적이 없었다.

"내 생각이 송두리째 바뀌었다. (…) 처음으로 느낀 폭력과 부당함은 나의 영혼에 아주 깊이 새겨져서 (…) 나의 마음은 모든 부당 행위에 대한 이야기에 흥분하게 되었다."

이러한 세 가지 예시는 《고백록》의 처음 20쪽에 등장한다. 책을 계속해서 읽어 나간다면 또 다른 예시들을 몇 십 가지는 찾을 수 있을 것이다. 자신의 영혼을 그 기원 속에서 그려내고자 하는 루소의 의지는 감각주의자들의 견해와 연관될 수 있다. 감각주의자들에 따르면 정신이란 내용물이 없는 용기와 같다. 정신은 처음에는 비워져있지만, 정신이 느끼는 감각, 정신에서 나오는 지식, 정신에서 분출되는 욕구의 영향으로 점차 채워지고, 차별화되고, 구조를 이룬다. 이러한 감각, 지식, 욕구는 능력을 다시 발휘하게 만든다.

한편 루소에게는 스스로를 설명하는 것이 자신을 그대로 인정받는 하나의 방법이라고 생각할 수도 있다. 엄밀히 말하면 그는 후대에 조각상이나 좋은 이미지를 남기고자 한 것이 아니다. 모든 것을 이해한다는 것은 모든 것을 용서하는 것이라는 생각을 배경에 두고, 자신에 대해 설명하고자 했던 것이다.

# 결론

루소는 자신의 정신이 변화해가는 과정을 가장 솔직한 방법으로 복원하려 했다. 이러한 그의 시도가 완전한 성공을 거두었는가? 이는 다소 어리석은 질문처럼 보인다. 모든 것을 말하는 것처럼 연기할 수는 있겠지만, 우리는 모든 것을 말할 수 없고 누구도 그러기를 바랄 수 없다. 따라서 타인에게 자신을 설명하기 위해 이토록 노력한 사람이 루소 이전에 없었다는 사실만 확인하자. 그 뒤에 명망 있는 사람들이 루소가 남겨둔 과제를 그 자리에서 이어 받는다. 이들은 랭보(Rimbaud) 식으로 말하자면 "끔찍한 일 중독자들"인 스탕달(Stendhal), 니체(Nietzsche), 프루스트(Proust), 프로이트(Freud), 지드(Gide), 조이스(Joyce)이다. 현대 문학의 주요 일면들은 모두 《고백록》에서 비롯되었다.

# 2장

문학과 영화
## 모파상과 르누아르

**논제**

한 평론가는 "문학 작품을 영화로 만드는 것은 심각한 오류"
라고 주장한다.
모파상(Maupassant)의 작품에 특히 근거하여 이러한 관점에
대해 논하시오.

# 모범 답안 예시

## 서론

영화는 만들어진 이래로 문학을 소재의 원천과도 같이 여기는 반응을 보였다. 이러한 경향은 이후에도 유지되었고, 오늘날 우리는 걸작 소설들 대부분을 여러 영화 버전으로 볼 수 있다. 그러나 이렇게 한 장르에서 다른 장르로 옮겨가는 것은 어쩌면 보이는 것만큼 자연스럽지 않을 수 있다. 한 평론가 역시 "문학 작품을 영화로 만드는 것은 심각한 오류"라고 주장한다. 이러한 발언은 도전에 응하고자 하는 구체적이고 다양한 여러 노력들을 무시한다. 이는 연극, 소설, 그리고 아주 특수한 경우인 시를 동일시하는 것이다. 우리가 논해야 할 이 주장은 다음의 본질적인 질문으로 귀결된다. 책에서 스크린으로, 텍스트에서 이미지로의 이행은 성공적일 수 있는가? 만약 그렇다면 어떤 조건하에 가능한가?

장 르누아르(Jean Renoir)가 모파상의 동명의 단편 소설을 각색해서 만든 영화 《시골에서의 하루(Une partie de campagne)》[76]를 바탕으로 위의 질문에 대해 검토해보고자 한다. 이후 이를 통해, 문학을 영화로 각색할 때의 일반적인 문제가 르누아르의 개별적 시도에서 밝혀지는 부분을 이끌어낼 것이다.

---

76 〈시골에서의 하루〉, 장 르누아르, 1946. 르누아르의 작품 중 가장 감각적인 영화라는 평가를 받는 작품으로, 사랑의 두근거림과 아픔을 시적으로 표현했다.
근교 시골로 소풍을 떠난 파리의 부르주아 뒤푸르(Dufour) 가족은 풀랭(Poulain) 여인숙에서 두 명의 뱃사공을 만난다. 그리하여 뒤푸르 부인은 로돌프(Rodolphe)라는 뱃사공과, 앙리에뜨(Henriette)는 앙리(Henri)라는 뱃사공과 함께 배를 타러 간다. 쇠꼬리를 보기 위해 배에서 내린 앙리와 앙리에뜨는 풀숲 사이에서 서로에 대한 마음을 확인하지만 앙리에뜨는 곧바로 파리로 떠난다. 몇 년 후 결혼을 한 앙리에뜨는 그 풀숲을 찾아가고 앙리와 극적으로 재회하지만 짧은 만남을 뒤로 하고 그들은 다시 이별한다.

# I. 여러 가지 차이점

두 작품을 비교하여 검토했을 때 받는 첫인상은 모든 각색을 반대하는 위 비평가의 입장을 지지하는 것처럼 보인다. 실제로, 르누아르 영화의 이미지, 소리, 그리고 배우들은 모파상이 쓴 내용을 충실하게 복원했다고 여겨지지는 못할 것이다. 이는 가장 표면적인 부분부터 가장 심층적인 부분까지, 전체적인 면과 세부적인 면 모두에서 분명하게 드러난다. 모파상의 염세적이고 비정하기까지 한 단편 소설에서는 인물들이 초월적인 운명이나 상황에 놀아나는 것으로 나타나지만, 르누아르는 이러한 작품으로부터 환희와 자연, 음식, 육체에 대한 즐거운 욕망이 돋보이는 영화를 만들어낸다.

르누아르의 영화가 무겁고 우울한 분위기로 끝난다고 해도 이것이 그의 영화가 가진 근본적 소재를 바꾸지는 않는다. 르누아르는 인간의 본성이든 행동이든, 사실상 모파상이 어둡게 묘사한 모든 것을 밝게 제시한다. 모파상의 소설에서는 인간의 욕구와 같이 야만적이고 음흉하게 표현되는 자연이 르누아르의 영화에서는 애정을 좋아하는 인간의 마음과 같이 친절하고, 즐겁고, 장난기 있는 모습으로 묘사된다. 한 쪽에서는 위선적이고 맹목적인 인물들이, 다른 쪽에서는 그저 거대한 비밀을 발견하고 겁을 먹은 것으로 모습으로 나타난다.

세부적인 면에서도 계속해서 차이점을 발견하게 된다. 두 뱃사공 간의 차이는 소설에서보다 영화에서 더 강조된다. 그들의 행동은 보다 계산적이고 덜 본능적이다. 소설에서 뒤푸르(Dufour) 씨는 그들에게 언짢은 기분을 표출하지만 영화에서는 유쾌한 인물로 나타난다. 뒤푸르 부인이 딸에게 속내를 이야기하는 부분은 영화에서 중요하게 다뤄진다. 부르주아의 장사꾼적인 면모는 확실히 소설에서 더욱 부각된다. 모파상은 남편에 대한 뒤푸르 부인의 반감을 강조하지만, 이것이 영화에는 나타나지 않는다. 배를 같이 탈 사람을 고르는 기준도 동일하지 않다. 두 작품을 구분하는 요소들의 목록을 만들자면 끝이 없겠지만 이는 무의미할 것이다. 두 창작품의 공통 요소를 찾아내는 것이 훨씬 흥미로워 보인다. 이는 결국 두 작품의 기반이 되는 모티프, 주제로 귀결되는데, 이는 시골 여인숙에서 부르주아 가족과 두 뱃사공의 만남이다.

따라서 영화와 소설의 공통점은 '서술된 이야기'라고 할 수 있겠지만, 이는 여전히 부적절한 표현이다. 르누아르가 모파상과 '동일한 이야기를 서술한다'고 말할 수도 없기 때문이다.

앞서 살펴보았듯이, 르누아르는 어떤 요소들은 그대로 유지했지만 어떤 요소들은 제거했다. 심지어 독단적으로 몇 가지 요소들을 추가하기도 했다. 예를 들어, 모파상의 작품에서는 풀랭(Poulin)으로, 르누아르의 작품에서는 풀랭(Poulain)으로 나타나는 지배인도 그중 하나이다. 소설에서는 이름만 등장할 뿐이지만, 영화에서는 적극적인 역할을 수행한다. 어쩌면 이 역할이 중요해졌기 때문에 르누아르가 직접 그 배역을 맡고 싶어 했을 수도 있다(악의적으로 말하자면 르누아르 본인이 이 역할을 맡았기 때문에 중요하게 만들었다고 할 수도 있다). 이런 모든 예시는 르누아르가 추구한 바가 단순히 글을 이미지와 대사로 바꿔놓는 것이 아니었다는 점을 명백히 보여준다.

따라서 어떤 사람들은 르누아르가 모파상의 작품을 무례하게 사용했으며 그가 순순히 작가를 따르지 않고 그를 '배신했다'고 비난할 수도 있다. 그러나 이러한 주장은 무엇을 의미하는가? 이는 영화인의 목표가 텍스트를 스크린에 담아오는 것이 아니라 단순히 스크린으로 옮겨놓는 것이라고 가정하는 것이다. 마치 재료를 한 용기에서 다른 용기로 옮겨 담기만 하는 것처럼 말이다.

그러나 "오류", 또는 적어도 오해를 내포하고 있는 것은 바로 영화화에 관한 이러한 이해이다. 이는 영화 제작자가 텍스트를 스크린으로 단순히 옮기는 것 외에 다른 계획은 없다고 가정하기 때문이다. 문학의 영화화를 만류하는 사람들은 이러한 종류의 작업에서 불가피하게 왜곡이 발생한다는 점을 내세운다. 그들의 애초에 실현 불가능한 계획이라며 하지 않기를 권한다.

## II. 의도적으로 만든 차이점

그런데 르누아르에게 모파상의 작품에 대한 재현이 부족하다고 비난하는 것은, 르누아르가 분명히 하려고 하지 않은 일에 대해서 그를 나무라는 것이다. 이는 르누아르의 작품이 가진 것과 그 가능성, 그리고 그 작품을 보여주려는 의도에 대해서는 생각하지 않고, 그가 마땅히 해야 할 일을 해내지 못했다고 생각하는 것이다.

르누아르가 단순히 원작을 따라하는 데 그치려 하지 않고, 오히려 그것을 거부하고자 애쓴다는 점은 다름 아닌 그의 결과물에서 가장 잘 드러난다. 그는 차이를 명확히 드러냄으로써 차이를 의도함으로써 자신이 목소리를 낼 수 있기를 바란 것이다. 위에서 일부분만 열거되긴 했지만 이러한 차이점들은 르누아르가 원했던 바이며, 그는 원작을 충실히 따르는 데 관심을 가지는 다른 감독들과 달리 이러한 차이를 조금도 피하거나 줄이고자 하지 않았다.

그의 작품을 분석해보면 다음과 같은 사실이 분명해진다. 르누아르는 세부 내용이나 전반적인 의미에 있어서, 모파상의 작품을 그와 가능한 한 비슷한 영화로 전환하고자 한 것이 아니라, 그와 반대로 자신의 영화가 일종의 확신이 담긴 선언이 될 수 있도록 최선을 다했다. 영화 제작을 목적으로 하는 텍스트는, 영상으로 만들어지는 과정으로 인해 결국 바뀌어 있을 수밖에 없기 때문에, 하나의 출발점에 불과하다. 이미지는 글에 비해 부족한 면도 있으나, 어떤 면에서는 그보다 더 많은 것을 담을 수도 있으며, 여하간 글과는 다른 것이기 때문에, 이미지 자체로 글의 목표를 추구할 필요는 없다. 그보다는 이미지 고유의 능력이 발휘되게 해주는 목적을 달성해야 한다. 텍스트는 모방의 대상이 아니라 도전의 대상이자, 창작의 출발점, 다시 말해 새로운 목표의 시작점으로 간주되어야 한다.

르누아르는 이 사실을 너무나도 잘 알고 있었다. 함정이나 속임수 중에서도 가장 교묘한 것을 피하려 하는 것처럼, 글로 쓰인 작품을 각색할 때 적어도 작품의 '의도'는 재현할 수 있다거나 그것을 재현해야 한다는 생각을 거부했을 정도이다. 또한 실제로, 영화《시골에서의 하루》는 정도에 상관없이 모파상 소설의 '의도'를 '벗어나는' 것이 아니다. 본론의 첫 부분에 충분히 보여주었듯이 분명하게 별개인 것이다.

이러한 점에서 모든 것은, 마치 르누아르가 각색에 대한 세 가지 신조를 따르고 선언한 것처럼 이루어진다. 첫째, 누군가가 이미 한 번 표현한 것은 표현 수단을 바꾼다고 할지라도 반복할 가치가 없다. 둘째, 엄밀하게 모든 창작자의 근본적 목표는 자신이 사용하는 수단의 특별함으로 자신만이 말해야 하는 것을 표현하는 것이다. 마지막으로, 창작자에게 주어진 궁극적인 과제는 위 사항을 모두 지키면서 오로지 그의 예술 형식만이 만들어낼 수 있는 것을 더 깊이 파고드는 것이다. 이 경우에는 모파상이 글을 선택해 새로운 작품을 만들었듯이 르누아르가 영화를 통해 새로운 작품을 창조해내는 것이다.

다시 말해, 르누아르는 자신이 작가가 아니라 영화인이며, 텍스트가 할 수 없는 것을 영화가 할 수 있음을 인지하고 있는 모습을 보인다. 반대로 카메라로 담기 힘든 것을 텍스트가 표현할 수 있다는 것도 매우 잘 알고 있다. 예를 들어, 그는 모파상의 작품에서와 같이 뒤푸르 씨는 이름만 붙여주고 만다. 그의 존재를 이름으로 한정시키려는 듯 그에 대한 어떠한 묘사도 하지 않음으로써 무관심을 표현한다. 또한, 변주되는 밤 꾀꼬리의 노랫소리를 매개로 젊은이들의 사랑의 몸짓을 관능적으로 암시한다.

결국 르누아르는 글로 된 작품을 장르를 바꾸어 재현하는 데 영화를 사용하는 것보다, 글의 줄거리를 이용해 영화가 가진 가능성을 탐색하는 것이 자신의 가장 흥미로운 작업이라는 것을 알고 있었다. 번역과 마찬가지로, 각색은 '훌륭한 충복(忠僕)'이 되는 것만으로는 성공할 수 없다.

그림이 사진이나 실물과 겨룰 필요가 없듯이, 이미지도 텍스트의 역할과 목적에 필적하고자 시도할 필요가 없다. 레오나르도 다빈치(Leonardo da Vinci)의 작품 「모나리자(La Joconde)」는 그 모델이었던 모나리자(Mona Lisa)를 단순히 '복사'한 것이 아니라 하나의 작품을 '창조'한 것이다.

"심각한 오류"가 있다면, 그것은 장르의 이행이 원작의 재현에 초점을 맞춰야 하며, 원작에 도움을 주어야 한다고 생각하는 것이다. 그러나 사실 그 반대로, 출발점에 있는 작품이 도착점에 있는 작품에 도움을 주는 것이다. 이때 도착점에 있는 작품이 독창적일 때에만 그 이점이 있을 것이다. 르누아르는 이 사실을 알고 있었고 이를 우리에게 보여주었다.


## 결론

따라서 르누아르는 연극과 소설을 단순히 영화화하는 것에 그쳤던 많은 감독들의 오류를 범하지 않았다. 원작 소설이 마땅히 받을 수 있었던 인정을 영화로 끌어오려는 완전히 상업적인 욕망은 제쳐놓고 생각해 보자. 원작을 단순히 모방하는 단조로운 각색은 능력 부족으로 해석할 수밖에 없다. 훌륭한 각색은 명시적이든 아니든, 분명하든 그렇지 않든, 모두 원작의 재창조일 수밖에 없다. 텍스트를 읽고 영화가 텍스트에 충실해보이게끔 재창조하려는 도전을 가장 많이 진척시키는 사람들, 예를 들면 토마스 만(Thomas Mann)의 작품을 각색해 만든 영화《베네치아에서의 죽음(Mort à Venise)》의 감독 비스콘티(Visconti)와 같은 사람조차도 결국 르누아르보다 불분명하고 부차적인 재창조를 하는 것은 아니다.

창작자가 이전에 만들어진 작품을 선택하는 것은 편리한 방법이 아니라 시험하는 일로 여겨져야 한다. 이는 기존의 작품을 대체하는 것이 아니라 넘어서는 문제이기 때문이다. 몰리에르(Molière)가 스페인의 전설 돈 후안(Don Juan)을 재창조하고, 모차르트(Mozart)가 몰리에르의《동 주앙(Dom Juan)》을 재창조한 것처럼, 그리고 라 퐁텐(La Fontaine)이 이솝(Ésope) 우화를, 라신(Racine)이 그리스 비극을, 스탕달(Stendhal)이 이탈리아 연대기를, 피카소(Picasso)가 벨라스케스(Velázquez)나 들라크루아(Delacroix)의 작품을, 드보르작(Dvorak)이 체코의 민속음악을, 트뤼포(Truffaut)가《쥘과 짐(Jules et Jim)》을 재창조하여 넘어선 것처럼 말이다. 그것이 바로 르누아르가 모파상의 소설《시골에서의 하루》를 통해 시도한 일이다.

# 3장

## 사실주의와 낭만주의
# 에밀 졸라

**논제**

한 비평가는 에밀 졸라(Émile Zola)[77]에 대해 이렇게 말한다. "사실주의적 행보(그는 유감스러워하며 이를 인정했다)에도 불구하고 낭만주의의 아들로서, 졸라는 시를 의도하지 않고도 시의 모습을 지니는 놀라운 저서들을 집필하였으며, 고정관념에서 벗어나 시적 관습에 구애받지 않는 시를 썼다. 그의 시에서는, 사물들이 무엇이든 간에 현실 속에서 동등하게, 불쑥 나타난다. 그것들은 작가가 마음속에 지니고 있는 거울 속에 확대된 채, 그렇지만 결코 왜곡되지 않으며, 불쾌하든 매력적이든, 추하든 아름답든 상관없이 반영된다. 그 거울은 사물들을 확대하지만 여전히 충실하고 정직한 진리의 거울이다."

지난 한 해 동안 공부한 졸라의 소설을 중심으로 위 현대 비평가의 견해에 대해 논평하시오. 단, 필요하다면 작가의 다른 작품들도 활용할 수 있다.

---

77 에밀 졸라(Émile Zola, 1840~1902)는 프랑스의 소설가로, 대표적인 작품으로는 《목로주점》, 《제르미날》, 《대지》 등이 있다. 드레퓌스 사건 발생 당시 대통령에게 〈나는 고발한다〉라는 공개장을 보내 드레퓌스 대위의 무죄를 주장한 것으로 유명하다. 진실과 사회의 정의를 추구하는 모럴리스트이자 자연주의 학파의 중요 인물로서 인류의 진보를 위해 인간의 추악함과 비참함을 적나라하게 파헤치고자 했으며, 특히 하층 대중을 묘사하는 데에 뛰어났다.

# 모범 답안 예시

## 서론

졸라가 살았던 시대의 비평가들은 종종 그의 자연주의[78]에 대해 '문학속에서 추함과 부도덕함을 선택했다'고 비판했다. 그가 의도적으로 더 시답잖고, 상스럽고, "불쾌"한 현실의 모습을 선택하여 이를 문학의 소재로 사용했다는 비난이 가장 팽배했다. 졸라의 작품은 최악의 경우 혐오스럽고 불건전하다고 생각되었고, 최선의 경우에도 터무니없이 비관적이며 인류에 대해 절망적인 이미지를 보여주는 문학으로 평가되었다.

그러나 한 현대 비평가는 위 주장에 반대하며, 졸라의 작품에는 그의 의견과 엇갈리기는 해도, 위대한 낭만주의 시인으로서의 흔적이 한결같이 생생히 남아있다고 주장한다. 그에 따르면 졸라의 책은 세상을 있는 그대로 보여주며, 사물들은 "결코 왜곡되지 않으며, 불쾌하든 매혹적이든, 추하든 매혹적이든 상관없이" 나타난다. 그러나 동시에 그의 창작이 "시의 모습을 지니는 놀라운 저서들"로 이어질 정도로 그 사물들이 확대될 것이다.

자연주의적 사실주의자로서 그토록 많이 언급된 졸라의 내면에는 과연 위대한 낭만주의 시인이 있었을까? 그의 작품은 진실에 대한 확고한 의지를 통해 추한 일이 아닌 위대한 일을 하고자 한 것이 아니었을까?

---

78    자연주의는 1870년대 이후 사실주의를 이어받아 문학, 미술 등 예술분야를 지배한 사조를 가리킨다. 극단적 사실주의의 한 형식으로서, 자연주의는 대상을 분석, 관찰, 검토하면서 과학적 접근을 시도한다.

《제르미날(Germinal)》[79]을 중점적으로 분석하면서, 이 소설에서 낭만주의와 완전히 거리가 먼 지점은 무엇인지, 또 낭만주의와 가까운 지점은 무엇인지 명확히 밝히고자 한다.


## I. 있는 그대로의 세상

사실주의는 다양한 형태를 띨 수 있다. 발자크(Balzac)가 예언자라는 사실을 알기 전에는 그의 사실주의를 두고 쓸데없는 논의를 하는 사람들이 많았다. 그는 "호적부와 경쟁하려는" 데에만 관심이 있었던 것은 아니다.[80] 《나귀 가죽(La Peau de chagrin)》과 같은 그의 몇몇 작품들에서, 몇몇 현대 소설가들이 허구성에 대해 가지는 애착이 몇 세기 앞서 나타나기도 했다.

보들레르는 상징주의자로 분류되지만, 〈썩은 짐승 시체(Une charogne)〉에서 그가 개의 시체를 생생히 묘사한 것을 두고 보통 사람들은 그를 사실주의자라고 부른다. 현실의 불쾌한 모습을 적나라하게 표현하는 것만이 사실주의이기라도 한 것처럼 말이다.

빅토르 위고(Victor Hugo)는 추악함을 현실에서 떼어놓지 않고, 죄수들

---

79  1885년에 출간된 《제르미날》은 1860년대 프랑스 북부의 탄광촌을 배경으로 광부들의 파업을 다룬 소설이다. 실직 이후 광부가 된 주인공 랑티에는 광부들의 비참한 생활에 분개해 파업의 지도자가 된다. 그러나 군대의 개입으로 광부들은 패배하고, 그의 애인인 카트린느는 갱도가 파괴되어 죽는다.

80  발자크가 90편이 넘는 사실주의 소설, 환상 소설, 낭만주의 소설 등을 묶어서 출판한 《인간 희극(La Comédie humaine)》에는 2500명에 달하는 인물들이 등장한다. 실제로 발자크 스스로 "나는 호적부와 경쟁한다."라고 말했다. 《나귀 가죽(La Peau de chagrin)》은 《인간 희극》의 세 부분인 '풍속 연구', '철학 연구', '분석 연구' 중 '철학 연구' 편의 첫 번째 작품이다. 무엇이든 이루어주는 마법의 나귀 가죽에 관한 이야기로, 환상적 요소를 담고 있으면서도 당대 프랑스 현실을 충실하게 반영한다.

의 은어를 사용한다. 그러나 그의 작품은 그 이전에 수사학의 걸작이다. 그가 가진 언어 표현에 있어서의 경이로운 재능은 상상력을 이끌어내는 비유를 활용하지만, 그것이 현실을 설명한다고는 말할 수 없다. 그리하여 졸라는 다음과 같이 말했다. "위고는 눈을 감은 채 그 시대를 살았다."

자연주의의 창시자인 졸라는 확고하게 사실주의의 옹호자를 자처하며, 그의 열망은 다음의 한 문장으로 요약된다. "진실하기 위해 노력하라, 그러면 위대해질 것이다." 그는 위고 고유의 이상화와 단순화를 거부하며 자신을 둘러싼 세상을 관찰해서 묘사하는 것에 그친다. 그리고 공교롭게도 위고는 《제르미날》이 출판되던 해에 사망하는데, 이는 상징적이라 할 수 있다.

파업, 노동자들의 반란, 그리고 계급 투쟁까지 다룬 소설인 《제르미날》은 민중을 이상화하지 않았다. 물론 졸라가 탄광의 보호받는 간부 집단보다 탄광 노동자들에게 더 연민을 느꼈던 것은 사실이다. 그러나 그는 그들의 삶과 고통을 그리면서 그에 대한 미화는 일체 경계했다. 위고는 작가이기 전에 기자였다는 사실을 사람들은 너무 자주 잊어버린다.

실제로, 그의 자료 수집은 토지 조사관보다는 학자나 역사가의 자료 수집과 가까웠다. 그는 《제르미날》을 쓰면서 광부촌을 방문하고, 노동자들과 대화하고, 탄광 안에도 내려가 보았지만 이러한 정보 수집 과정은 간략했다. 이는 비교적 표면적인 자료 수집이기는 했지만 그때껏 사람들이 말하지 않았던 것을 그는 말했다. 당대 비평가들은 이러한 현실은 시적 베일로 감싸야만 문학이 될 만하다고 생각했기 때문이다.

따라서 졸라가 묘사한 것은 당시의 사회적 상황, 실제 관계자, 그리고 역사의 움직임 모두인 것이다. 현실은 전체적 차원과 구체적 양상 속에서 파악된다. 낭만주의가 몇몇 이상적 열망에 따른 현실에 대한 거대한

(낙관적 혹은 비관적인) 해석이라면, 졸라는 낭만주의자일 수 없을 것이다. 자연주의 원칙에 따라 그는 그가 보는 모든 것을 말하였고, 그의 작품 속 등장인물들을 이론이나 대의를 위한 한낱 허수아비로 만들지 않았다. 랑티에(Lantier)는 용기와 끈기, 그리고 일종의 지성을 가지고 있는 인물로 그려지며, 그가 가진 관대함의 본성은 연대적이고 충직한 이타주의의 형태로 나타난다. 그러나 그는 부모의 알코올 중독이 남긴 여파로 피해를 입었고, 졸라는 이 부분을 설명할 때, 보다 사실적인 묘사를 위해 당대의 의학 이론을 가져왔다. 광부들은 일상의 고통을 겪고, 용기를 체념하며, 투쟁의 위대함을 지니는 존재로 그려진다. 그러나 그들은 자신들의 구원자라며 환호로 맞이했던 이를 배반하는, 비굴하고 약삭빠른 모습으로 그려지기도 한다. 졸라는 전투적인 사회 참여 과정에서 지도자가 직업화되고 그가 투쟁 동료들로부터 점점 멀어지는 모습을 보여줌으로써 그 모순성을 지적하기도 한다.

《제르미날》에서 중심이 되는 요소인 가난은 본질적 숭고함 없이 있는 그대로, 가장 평범한 물질적, 정신적 모습으로 파헤쳐진다. 우리는 이 소설에서 가난이 어떻게 폭동을 정당화하고 지지하는지, 그리고 동시에 어떻게 폭동을 무력화하고 잠재우는지 볼 수 있다.

졸라를 낭만주의자라고 할 수는 없을 것이다. 허구적 소설에서는 '위대한 생각'을 유일한 진리로 구현하는 것을 임무로 하는데, 졸라의 현실 탐구 영역의 방향을 결정하는 것은 '위대한 생각'이 아니기 때문이다. 《제르미날》은 의기양양하게 모순 극복을 향해 나아가는 진실이 아닌, 모순 속에서 경험되는 모순적 현실을 다룬다. 광부들은 선하지 않다. 그들은 생존과 죽음, 사랑과 증오, 치욕과 반기, 인내와 복수 사이를 오갈 뿐이다.

식료품상 매그라(Maigrat)는 오랫동안 부녀자들의 가난을 이용해 장사를 했는데, 부녀자들이 그에게 복수하는 것은 '눈에는 눈, 이에는 이'에 따른, 민중에 의한 처벌의 표본이다. 졸라는 이 야만적인 원시성이 특히 나 서민 계급에 자리잡고 있다고 느꼈다. 또한 그는 당시 부자들의 특권 이었던 교육을 통해 인간이 인간다워질 수 있다는 것을 알았다. 그러나 동시에 교육이 인간의 야만성에 대한 절대적 방패막이 될 수는 없다는 것을 알았다. 예를 들어, 작중 등장인물인 수바린느(Souvarine)는 부족함 없이 교육을 받았음에도, 끔찍한 대량 학살을 저지르게 된다.

추함과 더러움은 가난한 자들이 선택한 것이 아니다. 이것들은 그들 삶의 일부이며 그들의 자연스럽고 순수한 성격 안에서 아름다워 보일 수도 있다. 이는 마외(Maheu) 가족의 식사 장면이나 그의 아들딸들이 같 은 욕조에서 차례로 목욕하는 장면에서 드러나며, 특히 이들이 피지배 자들의 고통에서 안락함을 찾는 사람들의 도덕적 추악함과 대조될 때 더욱 부각된다.

## Ⅱ. 상징적 인물이 아닌 문제적 인물들

이처럼 복잡하고 모순된, 있는 그대로의 모습으로 세상을 그려내는 방식은 낭만주의와 거리가 멀다. 랑티에는 베르테르(Werther)가 아니며, 샤잘(Chazal)에 의해 더럽혀진 카트린느(Catherine)는 코제트(Cosette)가 아니 다.[81] 이들은 내면의 열정 때문에 피지배자라는 공통된 운명에서 벗어나 지 못한다. 선택받은 자들이 아닌 것이다. 그들의 아름다움은 순간적일

---

81   베르테르는 괴테의 《젊은 베르테르의 슬픔(Die Leiden des jungen Werthers)》의 등장인물이며, 코제트는 위고의 《레미제라블(Les Misérables)》의 등장인물이다. 베르테르는 죽음으로써 현실 을 도피하고, 코제트는 사랑으로써 자신의 삶을 만들어나가 두 인물 모두 본인의 삶에 대한 주 체적인 선택을 한다. 그러나 《제르미날》의 등장인물인 랑티에와 카트린느는 이들과 달리 자 신들에게 내재된 기질 때문에 삶의 방향을 주체적으로 선택하며 살아가지 못한다.

뿐이다. 등장인물들의 아름다움은 드물게 일어나는 선택과 폭동의 순간에 나타나며, 짧고 간헐적이어서 곧 사라져버리지만 이내 되살아나는 열정으로 나타난다. 사랑하는 이의 죽음과 그로 인한 슬픔을 이겨내는 희망을 지니고 있으며, 용서하고 고집하는 라 마외드(la Maheude)의 열정이 이러한 예이다.

졸라의 작품에서 악이란, 특정한 사회 계층, 개인의 유형, 직업, 대중 혹은 신분제도 안에서 구현되는 것이 아니다. 악은 불행과 자유의 훼손에 굴복하는 각각의 존재 안에 있는 것이다.

졸라의 작품에서 행위를 유발하는 것은, 다시 말해 사건을 이끌어가고 결정을 내리는 것은 주체, 즉 의식과 의지의 중추가 아니라 기질이다. 고대인들이 표현했던 것과 같은 운명의 신이나 숙명의 신도 아니다. 기질에는 그러한 위엄이 없다. 기질이란 어떠한 행동이나 현상을 결정짓는 유전적, 역사적, 사회적, 가족적, 생물학적, 심리적 조건의 총체이다. 당대 정신의학의 열렬한 신봉자였던 졸라의 작품 속에는 '사회적, 가족적, 심리적 유산이 개인의 행동에 얼마만큼 영향을 끼치는가?'라는 주요한 문제의식이 들어있다. 《인간 짐승(La Bête humaine)》은 가족적 기질을 다룬 소설이며, 《대지(La Terre)》는 야수적 기질을 다룬 소설인데, 이 기질 또한 대개 유전적으로 물려받게 된다. 《제르미날》은 사회적 동질 집단에 관한 소설로, 그 집단도 마찬가지로 동질적인 조건들의 영향을 받은 개인들로 이루어져 있다. 이때 자유에 대한 희망이란 무엇인가?

졸라의 소설은 이와 같이 자유에 대한 극을 보여줄 때 《로렌자초(Lorenzaccio)》[82] 알프레드 드 뮈세(Alfred de Musset)의 셰익스피어풍 희곡으

---

82  알프레드 드 뮈세(Alfred de Musset)의 셰익스피어풍 희곡으로, 화려한 문체가 돋보인다. 경멸의 의미를 담아 '로렌자초'라고 불리는 로렌조 드 메디치(Lorenzo de Médicis)를 중심으로 줄거리가 펼쳐진다.

로, 화려한 문체가 돋보인다. 경멸의 의미를 담아 '로렌자초'라고 불리는 로렌조 드 메디치(Lorenzo de Médicis)를 중심으로 줄거리가 펼쳐진다.

와 같은 낭만주의 극의 걸작으로 평가받는다. 졸라의 낭만주의는 자유와 같은 인간 조건에 대한 문제를 주요 관심 대상으로 삼음으로써 현대 문학의 주요 일면을 예견했다. 이는 형이상학적 사고가 담긴 낭만주의로, 파스칼이 그 시조이다.


## III. 언어로 찬미되는, 어쩌면 낭만주의적인 낙관론

《제르미날》을 포함하여 대부분의 졸라의 작품들은 그때까지 삶도 역사도 답하지 못했던 질문들에 답하고자 했으며, 모든 사조의 표방을 넘어서서 질문을 던지는 문학이다. 이처럼 세상을 이해하고자 하는 의지는, 의도된 더러움과 추악함을 소재로 삼았다는 비난으로부터 졸라가 벗어나게 해주었다. 예술이 고고한 영역 속에 남아있어야 한다고 주장하며 졸라에게 비난을 퍼부었던 당대 비평가들의 불만은, 졸라의 의지에 의해 시대착오적인 것이 되고 만다.

《제르미날》에 낭만주의가 있다면, 그것은 바로 문명과 자유에 대한 질문에 대해 낙관적인 대답을 얻을 수 있다는 희망에 존재할 것이다. 작품의 마지막 부분에서 사람들이 다음 세대를 위해 싹을 틔우며 전진해 나가는 것처럼, 낭만주의는 솟아오름의 관점 속에 있다.

이와 같은 희망은 소설 전체에 서사적 생기를 불어넣어 위대한 시의 면모를 확실히 보여준다. 특히 민중의 거대한 움직임은 위고의 시보다도 전진하는 인류를 더 잘 떠올리게 한다.

소설의 결말은 특히나 단순 사실 제시에서 서정적 고양으로의 이행이라는 특징을 지닌다. 졸라는 소설의 마지막 부분에서, 제목에도 드러나는 것처럼 발아(germination)라는 은유를 풍부하게 발전시키고, 소설을 절정에서 끝맺는다. 랑티에는 그의 삶을 급변하게 한 사건들이 전개된 지역을 떠난다. 그는 자신과 함께 투쟁했던 모든 사람들을, 그리고 그 과정에서 죽음에 이른 몇몇 사람들을 다시 떠올린다. 영예롭게 빛나는 4월의 태양 아래에서 아카시아는 꽃을 피우고, 풀은 새롭게 돋아나며, 들판은 전율한다. 위대한 자연의 잉태는 인류의 탄생을 준비한다.

책의 마지막 장에는 소설 전체를 요약하고 그것을 미래를 향해 펼쳐놓는 장엄한 산문시가 나온다. 시 전체를 인용해야겠지만 마지막 구절만 살펴볼 것이다.

> "인간은 계속 전진해왔다. 복수심을 품은 검은 무리는 고랑에서부터
> 싹트고 있었고 미래의 결실을 위해 자라고 있었다. 이 싹은 이내 대지
> 를 뒤흔들 것이었다."

## 결론

졸라는 세계를 단순화하고, 은폐하고, 왜곡하는 낭만주의적 기만을 거부한다. 또한 그 자신 역시 인간의 행동과 역사의 행보를 설명할 열쇠를 갖고 있지 않다고 밝힌다. 그는 복잡한 진실 속에서 세계를 묘사하는 것에 그저 만족할 뿐이다. 하지만 이 세계는, 적어도 《제르미날》에서 묘사된 세계만큼은 작품이 서사시와 같은 느낌을 줄 정도로 생명력을 지닌다. 그는 《제르미날》을 통해 대중시의 문체를 되찾았다. 한 세기가 지나고서야 비평가들이 이해할 수 있었던 것을 광부들은 그 당시에 바로 알 수 있었다. "인간 의식에 한 획을 그었다"고 평가되는 졸라가 사망하자 그의 관을 따라 애도 행렬을 이루는 수많은 사람들 사이에 뒤섞여,

북부에서 온 광부들은 몽마르트의 묘지까지 함께 이동하며 다양한 목소리로 박자에 맞춰 외쳤다. "제르미날! 제르미날! 제르미날!"

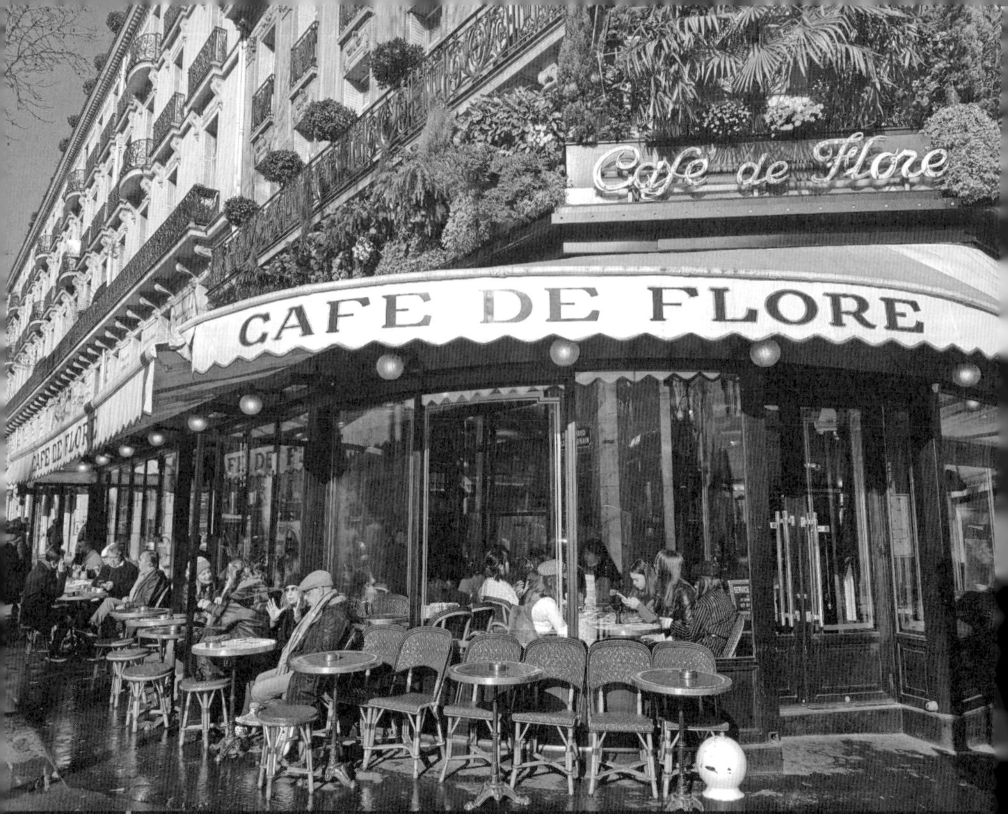
Café de Flore
CAFE DE FLORE

# 6부
## 더
## 나아가기

# 1장
# 배경지식 습득

## 기초 다지기

앞서 다룬 내용은 모두 '어떻게 쓸 것인가'에 관한 것으로서, 문제가 요구하는 바에 따라 자신의 생각을 작성하는 데 도움을 줄 것이다. 하지만 좋은 답안을 작성하기 위해서는 이에 더해서 말할 거리가 있어야 한다. 교과 과정에 있는 작품 몇 편을 공부하는 것만으로는 충분하지 않다. 특히나 참고서에 나와 있는 내용을 외우는 데에 그쳤다면 더욱 그러하다. 따라서 교과 과정에 있는 소설에 대한 논술을 성공적으로 작성하기 위해서는 그 책 이외에 다른 소설들도 읽어 봤어야 하며, 그 문학 장르에 대해 미리 생각해 보았어야 한다. 그렇지 않다면 독창적인 답을 써 내기에는 시험 시간이 부족할 것이다.

생각은 노력을 요하는 일이지만, 보통은 그 노력을 하지 않으려고 한다. 이는 비단 수험생들에게만 해당되는 얘기가 아니다. 그렇기 때문에 사람들은 늘 비법이나 공식, 혹은 '대신 생각해주는' 책들을 찾아다닌다. 그러나 논술에는 시험을 치르는 순간의 단기적인 노력뿐만 아니라 장기적인 노력도 요구된다. 여기서는 후자에 대해서만 이야기할 것이다.

6부 더 나아가기

바칼로레아를 스포츠와 비교해보면 이해가 쉬울 것이다. 두 경우 모두 날짜가 오래 전부터 정해져 있는 시험을 치르는 것이기 때문이다. 스포츠 경기에 참가하는 선수가 겨우 몇 주 전부터 준비를 시작하지는 않을 것이다. 일 년 내내 준비하는 것은 물론이고 수년 동안 준비하기도 한다. 그리고 보통 다른 것을 병행할 것이다. 예컨대 달리기 선수나 장대높이뛰기 선수는 달리기 연습은 물론이고, 근력 운동 등 다른 활동에도 매진할 것이다.

논술 시험 준비도 이와 같은 방법으로 해야 한다. 논술의 경우 독서가 바로 근력 운동에 해당할 것이다. 소설, 희곡, 시 등 문학 서적과 기본적으로 정보를 제공하는 비문학 서적 모두 독서의 대상이다. 신문과 잡지는 쉽게 다시 활용할 수 있는 최신 정보를 제공함으로써 책을 보완하는 역할을 할 수 있다. 공연에서도 많은 것을 얻을 수 있기 때문에 연극과 영화, 콘서트를 보러 가는 것 또한 교양을 쌓기에 좋은 방법이다. 박물관에 가거나 큰 박람회를 보러 가는 것도 마찬가지이다. 마지막으로, 자신이 살고 있는 세계도 물론 관찰해야 한다.

다른 사람들의 견해에 관한 평설을 담은 책들 가운데 다수는 그저 다른 책들에 관한 책일 뿐이므로 좋은 책이라 할 수 없다. 이런 책들의 저자는 자신의 주변을 살펴보았다는 느낌을 주지 않는다. 논술에서도 마찬가지이다. 외부 세계가 자신을 위해 존재하며, 자신은 현실을 관찰해 그로부터 실체를 이끌어낼 수 있는 사람이라는 인상을 주어야 한다. 그렇기 때문에 장기적인 준비 과정에서 독서와 관찰을 번갈아가며 해야 하는 것이다. 독서는 세상을 새로운 눈으로 볼 수 있게 하는 질문들을 던져준다. 예를 들어 교육에 관한 책을 읽기 시작했다고 가정해보자. 이러한 독서의 영향으로, 주변 친구들과 부모님을 관찰하면서 이전에는 보지 못했을 것들을 인식하게 될 것이다. 따라서 외부 세계를 관찰하는 것과 책을 읽는 것을 지속적으로 번갈아 하며 스스로의 역량을 키울 필요가 있다.

기억에 대한 최근 연구들이 보여주듯이, 호기심이 없다면 이러한 일을 제대로 할 수 없다. 이 연구들에 따르면 기본 원리는 다음과 같다. 우리가 어떤 대상을 지각할 때, 의식적으로 이것이 앞으로 사용될 수 있다고 생각할 때에만 그것을 기억에 남긴다. 그렇기 때문에 호기심이 없는 사람은 아무것도 기억에 남기지 못하는 것이다. 그리고 그렇기 때문에 반대로 문화적 지식 습득을 명확한 목표로 설정한 사람은 아이디어, 인용문, 임기응변식 대처 방법, 줄거리, 등장인물, 구체적인 사례, 인상에 남는 이미지 등을 기억해 두었다가 적재적소에 사용할 수 있게 된다.

의식적으로 궁금해 하지 않을 때에도 우리에게는 본능적인 호기심이 존재한다는 반론이 있을 수 있다. 그러나 본성에 너무 기대서는 안 되며, 대개의 경우 지적 호기심은 타고난다기보다 유리한 문화적 환경에서 나온다. 하지만 그런 환경에 놓여 있지 않더라도, 신앙이 없는 사람들에게 파스칼이 제안한 방법을 응용해볼 수 있다. 파스칼은 일단 무릎을 꿇으면, 기도와 믿음은 알아서 따라올 것이라고 했다. 마찬가지로 일단 몇 가지 기술을 익히면 지적 호기심을 유발할 수 있다. 그러한 기술에 대해 다음에서 살펴보자.

# 연필 쥐고 독서하기

　루소(Rousseau)에게 연필 없이 책을 읽는 것은 단지 몽상에 불과했다. 몽상도 그 자체로 가치가 있고, 《고독한 산책가의 몽상(Les Rêveries du promeneur solitaire)》의 저자인 루소는 누구보다 그 사실을 잘 알고 있었다. 그러나 그는 피상적인 독서에 그치지 말아야 할 필요성을 강조하고 싶었던 것이다.

　루소는 흥미로운 독서 방법을 활용했다. 그는 한 작가에 대해 공부할 때, 기억해둔 그 작가의 생각들을 모두 종합하여 적어보곤 했다. 이러한 방식으로 그가 '생각의 보고(寶庫)'라고 부르던 것이 점차 구성되었고, 그는 산책하면서 이에 대해 사색했다. 프랑스 문학과 철학의 가장 독창적인 정신 중 하나로 손꼽히는 루소의 사상은 단순히 다른 사람들의 생각을 자기 것으로 소화시키는 것으로부터 탄생했다.

　따라서 책을 작업 도구로 간주해야 하며, 책에 직접 밑줄을 긋거나 메모하는 것을 주저하지 말아야 한다. 교과 과정에 포함되어 있거나 오랜 세월 동안 읽혀온 작품이라면, 쪽마다 가장 중요하다고 여겨지는 문장에 밑줄을 긋고 해당 쪽의 상단에 한두 줄로 그 쪽을 요약하면서 읽는 방법도 권장한다. 이 과정 자체가 유익하기도 하지만, 이처럼 '작업된' 책은 추후에 다른 작업을 할 때에도 유용하게 쓰인다. 특별히 깊이 공부하지 않을 책이라면 가장 흥미로운 대목들에 밑줄 긋는 것으로 충분하다.

　하지만 빌린 책일 경우 이러한 작업을 하는 것이 불가능하기 때문에 자신만의 서재를 가져야 한다. '작업된' 책을 빌려주는 것 또한 피해야 한다.

책의 앞뒤에 여분으로 포함된 쪽에 중요하다고 생각하는 항목들을 나열한 색인을 만드는 것 또한 좋은 방법이다. 이렇게 해두면 주의 깊게 봤던 요소들을 차후에 매우 빠르게 찾을 수 있을 것이다.

더 나아가, 다른 방법들을 활용하면 책에 하는 이러한 작업을 보충할 수 있다. 문학 작품의 오디오북을 들어보면 무엇보다도 작품 속 문장들과 시행들이 노래처럼 귀에 들릴 것이다. 이를 통해 작품의 텍스트를 외울 수 있을 것이다. 나중에 해당 문장을 똑같이는 기억하지 못하더라도, 문장 구조나 어휘는 이미 체화되었을 것이기 때문에 이는 아주 유용한 방법이다. 특정 분야에 정통한 사람들과의 대화를 통해서도 많은 것을 얻을 수 있다. 문화 채널에서도 양질의 프로그램이 방영되는데, TV 토론 프로그램은 유용한 정보와, 특히 여러 경험담을 제시해주기도 한다. 하지만 불행히도 과거의 일이 현재 이익이 되지 않는 경우가 많다.

## 한 가지 주제 깊이 파고들기

작문시험은 물론이고 구술시험을 준비할 때는 더더욱 한 명의 작가 혹은 하나의 관심사에 대해서 깊이 공부해보는 것이 좋다. 마치 기름얼룩이 주변으로 점차 번지듯이, 하나의 관심사에 대한 공부가 다른 영역에서도 도움이 될 것이다.

예를 들어, 도시에 관심이 있다면 크세주(Que sais-je ?) 시리즈와 같은 입문용 책부터 읽기 시작하자. 그러다 보면 다른 책들도 읽게 될 것이고, 이로부터 특정 문제에 대한 자신만의 '생각의 보고'를 구축하게 될 것이다. 마치 기름얼룩이 번지듯, 처음에는 하나의 점에 불과했던 '도시'라는 주제에서 출발하여 오염, 개인주의, 자유와 문명의 탄생, 제3세계 등의 다양한 분야에 접근하게 되는 것을 확인할 수 있다. 하나의 주제를 깊이 파고들다 보면 사실은 여러 관련 주제들로 이어지게 된다.

## 표 작성과 컴퓨터 문서화

책이나 문제의식을 표로 정리해두면 좋다. 책의 핵심 요소들을 컴퓨터로 문서화할 수도 있다.

이렇게 하면 책을 두 번 읽게 된다는 장점이 있다. 중요하다고 표시된 부분만 대강 훑으며 읽는 것이라고 하더라도 이를 통해 책의 내용을 훨씬 쉽게 기억할 수 있다. 컴퓨터 문서화에는 또 다른 장점이 있다. 요소들을 입력할 때 그 앞에 각각의 핵심 용어를 적어 놓으면, 문서 프로그램의 '찾기' 기능을 활용하여 나중에 필요한 정보를 쉽게 찾을 수 있을 것이다.

예를 들어, 백여 권의 책 내용을 위와 같은 방법으로 입력해놓았고, 핵심 용어들 가운데 '질서'라는 단어가 있다고 해보자. 만약 질서와 무질서를 주제로 하는 과제를 하게 된다면, 참고자료를 모으는 일은 순식간에 끝나버릴 것이다.

# 완벽한 언어 구사를 위한 준비

배경지식에는 완벽한 언어 구사를 위한 지식도 포함된다. 철자나 문법적 지식뿐만 아니라 특별히 풍부한 어휘와 문체 효과들에도 관심을 가져야 한다.

이를 위해서는 다음 장에서 자세히 살펴볼 몇 가지 도구들을 갖추고 있는 것이 중요한데, 무엇보다도 좋은 어학사전은 꼭 가지고 있어야 한다. 매일 단어장을 채워나가는 것도 추천한다. 이 단어장에는 책이나 대화에 자주 등장하는 단어들의 뜻을 적어놓는다. 인용문을 적어 놓은 공책도 단어장과 함께 만들어 공부할 수 있다. 이러한 목록 수첩을 사용하면 찾고자 하는 단어를 더욱 쉽게 찾을 수 있다.


## 배경지식의 중요성

순진한 사람만이 하늘에서 뚝 떨어진 영감이나 기적의 가능성을 믿는다. 뉴턴(Newton)이 머리 위로 떨어지는 사과를 보며 만유인력의 법칙이라는 천재적인 발견을 직감했다고 이야기하는 것처럼 말이다. 하지만 어떻게 그러한 발견을 할 수 있었는지를 물었을 때, 그는 이와 같이 대답했다. "항상 그것에 대해 생각하고 있었기 때문이죠."

시험장에서 4시간 동안 쓴 답안은 그 이전의 4년을 보여준다. 4시간 동안 자신의 지식을 동원하고 그를 글로 표현하는 능력이 평가된다. 이는 우선 그 지식들이 머릿속에 있음을 전제로 한다. 머릿속에 아무것도 없는 상태에서는 논증을 할 수 없다. 건축 자재나 기초 공사 없이는 집을 지을 수 없다. 끈기 있게 쌓아온 배경지식 없이는 좋은 논술을 쓰지 못한다.

마지막으로 알아두어야 할 점은, 사람들이 흔히 생각하는 것과는 반대로 청소년들이 독창성으로 빛을 발하지는 않는다. 대개의 경우, 그들의 가장 큰 관심사는 일반적인 모델에 부합하는 것이다. 청소년들은 순응하지 않는 태도에까지도 동조한다. 문화적으로 보면 이는 때때로 주변의 평범함에 동조하게 만든다. 이러한 나쁜 버릇을 피하도록 하자. 자신의 취향에 용기를 가지자. 주변에서 아무도 독서를 하지 않는다는 이유로 읽기를 멈추지 말자. 그 나이 때부터 자유로운 영혼이 되는 법을 배우자.

# 2장

# 참고자료

※ 이 장에서는 검색이 보다 용이하도록 참고 문헌들의 제목과 출판사를 번역하지 않고 원어로 제시한다.

## 완벽한 문장을 쓰기 위한 참고 문헌

문학 연구를 하고자 하는 사람이 아니더라도 자신만의 서재를 갖출 필요성에 대해서는 앞서 강조한 바 있다.

### ⬡ 기본서적

- 어학사전
- 동의어 사전
- 프랑스어의 어려운 점들을 다룬 사전
- 동사 변화 책
- 문법서

### ⬡ 개념어 혹은 전문 용어 습득을 위한 서적

- P. Désalmand, *Les Mots clés du français au bac, coll. Profil-Pratique*, Hatier.
- B. Hongre, *Dictionnaire portatif du futur bachelier*, Marabout.

# 기본 서적에 관한 설명

## 🗁 어학사전

　백과사전은 단어의 뜻을 제공할 뿐만 아니라 여러 지식 분야에 관한 수많은 정보들을 제시하는, 삽화가 포함된 사전이다. **어학**사전은 언어 자체, 특히 어휘에 집중한다는 점에서 백과사전과 구분된다. 어학사전에는 단어의 뜻이 하나 혹은 둘 이상 제시되어 있는데, 주로 가장 오래된 뜻부터 제시된다. 어학사전에서는 **동의어**(비슷한 의미를 가진 단어), **반의어**(반대되는 의미를 가진 단어), **발음**(사전의 초반부에 나와 있는 국제음성기호를 통해 알 수 있다), **용법**(단어가 문장에 사용되어 그 의미를 더 잘 이해할 수 있다), 문학작품의 인용문, 인유 또한 찾아볼 수 있다.

　언어에 고유한 문제들에만 집중한다는 점에서 **어학사전**이 백과사전적 성격의 사전보다 훨씬 더 알찬 참고문헌일 수 있다. 그렇기 때문에 어학사전을 구입하도록 추천하는 것이다.

### › 시중의 대표적인 어학사전 세 권

- *Le Robert 1* (고유명사를 다루는 Robert 2와는 차이가 있다.)
- *Le Lexis* (Larousse)
- *Dictionnaire Hachette de la langue française*

　위 저서들은 비교적 비싼 편이다. 비용을 절약하고자 한다면 아래의 어학사전만 사도 된다.

- 소프트 커버로 제작된 *Dictionnaire Hachette de la langue française*

## 🗍 동의어 사전

단어들 간의 의미 차이를 설명하는 사전을 선택하는 것이 좋다.

## 🗍 프랑스어의 어려운 점들을 다룬 사전

여러 출판사에서 이러한 사전을 찾아볼 수 있다.

## 🗍 동사 변화 책

고전적인 동사 변화 책은 Hatier 출판사에서 나온 *Bescherelle*이다. 정확한 제목은 *La Conjugaison, 12000 verbes*이다. 다른 출판사에도 비슷한 서적들이 있다.

## 🗍 문법서

문법은 언어의 기능을 더 잘 이해하고 몇몇 표현의 문제들을 해결할 수 있도록 해준다.

H. Bonnard의 *Grammaire française des lycées et collèges*나 *J.-C. Chevalier* 외 3인의 *Grammaire du français contemporain* 정도의 간단한 서적이면 충분할 것이다. 고등 교육 단계에서는 *R.-L. Wagner*와 *J. Pinchon*의 *Grammaire du français classique et moderne*가 기본 서적이 된다.

글 쓰는 것을 직업으로 하는 모든 사람들은 M. Grevisse와 A.

Goose가 쓴 Duculot 출판사의 *Le Bon Usage, Grammaire française*를 항상 곁에 둔다.

시중에 많이 보이는 **어원사전**의 도움을 받을 수도 있다. R. Jacquenod가 쓴 Marabout 출판사의 *Nouveau dictionnaire étymologique*를 추천한다. 이 사전은 배경지식이 풍부한 독자를 대상으로 하지 않으며 하나하나 설명해준다는 장점이 있다. 어떤 단어와 문화적 사건 간의 관계 또한 잘 보여준다.

## 시험의 기술

문학 논술에 대비해서 매년 다양한 책자를 찾아볼 수 있다. 이 책들은 교과 과정에서 다루는 작가들과 관련된 예시들을 제공한다.

심화 학습을 하고자 하는 학생들은 Hachette 출판사에서 나온 Chassang과 Senninger의 *La Dissertation littéraire générale*을 참고하면 좋다. 이 책은 오래되기는 했지만, 교과 과정에서 다루는 작품들과 관련해 논술에서 사용할 수 있는 소재와 개요들을 풍부하게 제공해준다.

## 수사법과 문예 사조

수사법과 문예 사조에 대한 기본 지식은 논평뿐만 아니라 논술에서도 필요하다. 기초적인 수준에서는 위에서 언급한 서적들을 통해서 이러한 기본 지식을 얻을 수 있다.

수사법이나 시의 형식과 관련해 깊이 있는 지식을 쌓고 문학적 소양을 기르고 싶다면, Profil 총서 중 복합 논평(le commentaire composé)을 다룬 책의 마지막 부분을 참조해볼 수 있다.

더 나아가 *Profil d'une œuvre*나 그와 비슷한 시리즈, Hatier 출판사에서 나온 *Itinéraires littéraires*와 같은 참고서 혹은 Bordas 출판사의 *Lagarde et Michard*도 빠뜨려서는 안 될 책들이다.


## 현대 사회에 대한 지식

마지막으로 '현대 사회의 문제들에 대한 기초 지식을 얻는 데에는 신문이나 잡지를 읽는 것으로 충분하다'는 생각에 문제를 제기하고자 한다. 신문이나 잡지에서 제공하는 정보는 대개 분산되어 있고 피상적이며, 한 차례 해석을 거친 경우가 많다. 기본 서적으로부터 출발하여 그 연장선에서 깊이 성찰해보는 것만이 진정으로 유효한 것이다. 물론 *Le Monde diplomatique*와 *Courrier international*과 같은 예외도 있다.

일반 주제, 특히 현대 사회에 관한 지식을 얻고 싶다면 Que sais-je ?와 같은 시리즈에서 그 소재와 문제의식들을 발견할 수 있다. 이외에 다른 출판사(Milan, Flammarion, Hatier, La Découverte, Hachette)에서도 같은 종류의 책들을 대체로 잘 만들어내고 있다.

그랑제콜 준비반이라면, 여러 책들에 대한 요약과 분석을 참고하거나 독서 계획을 세우는 데 다음의 두 서적을 활용할 수 있다.

- *Grand Livre des citations expliquées*, Marabout
- Philippe Adjutor & Frank Renauld, *Panorama des idées contemporaines en 100 livres*, Marabout

위의 목록이 부족하고 임의적임을 감안해서 현대의 주요 문제들을 다루고 있는 책을 몇 권 소개하는 것으로 마무리하려고 한다. (한국어 번역서가 있는 경우 번역서의 제목을 병기하였디.)

- Alain, 《행복론*(Propos sur le bonheur)*》(1985), coll.[83] *Folio*(Folio essais), Gallimard.

- Simone de Beauvoir, 《제2의 성*(Le Deuxième Sexe)*》(2008), coll. *Folio Essais*, Gallimard.

- François Brune, *Le Bonheur conforme, Essai sur la normalisation publicitaire*(1985), coll. *Le monde actuel*, Gallimard.

- Luc Ferry, *Le Nouvel Ordre écologique*(1992), coll. *Le Livre de poche*, Grasset.

- Sigmund Freud, 《문명 속의 불만*(Le Malaise dans la culture)*》(2015). coll. *Quadrige*, Puf. (프랑스어 판은 *Malaise dans la civilisation*이라고 번역되기도 함).

---

83  'collection'의 약자로, 시리즈 혹은 총서를 뜻한다.

- Michel Leiris, *Cinq études d'ethnologie*(1988), coll. *Tel*, Gallimard.

- Claude Lévi-Strauss, *Race et histoire*(2007), coll. *Folioplus philosophie*, Gallimard.

- Gilles Lipovetsky, *Le Crépuscule du devoir*(2000), coll. *Folio essais*, Gallimard.

- Albert Memmi, *Le Racisme : description, définitions, traitement*, coll. *Collection Folio actuel* (n° 41), Gallimard.

- Jean-Jacques Rousseau, 《학문과 예술론(*Discours sur les sciences et les arts*)》(1750), 《인간 불평등 기원론(*Discours sur l'origine et les fondements de l'inégalité parmi les hommes*)》(1755)과 《사회계약론(*Du contrat social*)》(1762). 여러 판이 있음.

- Alexis de Tocqueville, 《미국의 민주주의(*De la démocratie en Amérique*)》(2012), coll. *Bouquins La Collection*, Laffont.

- Tzvetan Todorov, *Nous et les autres : la réflexion française sur la diversité humaine*, coll. *Essais*, Seuil.

- Alvin Toffler, 《권력이동(*Les Nouveaux Pouvoirs*)》(1991), Fayard.

- Patrick Tort, *Être marxiste aujourd'hui*(1986), Aubier.

- Patrick Tort, *Darwin et le darwinisme*(2017), coll. *Que sais-je ?*, Puf.

# 프랑스의 교육 제도와 바칼로레아

- 윤 선 영(홍익대학교)

[표1] 프랑스의 교육 체제

| | 나이 | 학년 / 학위 | | | |
|---|---|---|---|---|---|
| 고등교육 | Bac+8 | 박사(Doctorat) | | | |
| | Bac+7 | | | | |
| | Bac+6 | | Sciences Po, ENA, ENV, ENM 졸업 | | |
| | Bac+5 | 석사(Master) | ENS, HEC, ENC, EMI, St Cyr 졸업 | 음악, 건축, 미술, 디자인 학교 특수 학위 | |
| | Bac+4 | | | | |
| | Bac+3 | 학사(Licence) | | | 자격증(BUT) |
| | Bac+2 | | | | |
| | Bac+1 | | | | |
| | | 대학 (Université) | 그랑제꼴 (Grandes écoles) | 에꼴 (Écoles) | 전문대학 (IUT) |
| 고등학교 (Lycée) | Bac | 순수 학문* | 응용 학문** | 직업 교육*** | 기술 교육 |
| | 17 | 졸업반 (terminale) | 졸업반 | 졸업반 | 각종 자격증 |
| | 16 | 1학년 (première) | 1학년 | 1학년 | CAP2 |
| | 15 | 2학년 (seconde) | 2학년 | 2학년 | CAP1 |
| | | 일반계 | 기술계 | 실업계 | 기술교육센터 |

\*    [전공 분야] 인류 문학 철학, 외국/지방어문학, 고대어문학, 역사-지리, 경제-사회, 수학, 전산과 컴퓨터, 물리-화학, 엔지니어, 지구과학, 생물-생태, 체육, 예술

\*\*   [전공 분야] 경영관리학, 사회보건학, 지속가능발전산업, 과학기술, 실험과학기술, 응용예술디자인, 호텔경영외식산업 음악무용기술, 농업생명과학기술

\*\*\*  [전공 분야] 식품, 유통, 미용, 건설, 보건, 디자인, 자동차, 전산

| | 나이 | 학년 / 학위 |
|---|---|---|
| **중학교**<br>(Collège) | 14 | 3학년 (troisième) |
| | 13 | 4학년 (quatrième) |
| | 12 | 5학년 (cinquième) |
| | 11 | 6학년 (sixième) |
| **초등학교**<br>(École<br>élémentaire) | 10 | 중간반2 (CM2) |
| | 9 | 중간반1 (CM1) |
| | 8 | 기초반2 (CE2) |
| | 7 | 기초반1 (CE1) |
| | 6 | 준비반 (CP) |
| **유치원**<br>(École<br>maternelle) | 5 | 큰애반 (Grande section) |
| | 4 | 중간반 (Moyenne section) |
| | 3 | 꼬마반 (Petite section) |

# 1. 프랑스 교육 체제와 논술

프랑스 초중등 교육의 기본 체제는 유치원 3년, 초등학교 5년, 중학교 4년, 고등학교 3년 과정으로 편제되어 있다. 만 3세부터 공교육 체제에 편입된 유치원 교육을 받을 수 있으며, 초등학교 입학 연령인 6세부터 16세까지를 의무교육 기간으로 규정하고 있다. 고등학교 첫 학년인 2학년까지가 국민공통 교육과정이라면, 고등학교 1학년(우리의 고2)과 졸업반(우리의 고3)은 상급학교 진학과 긴밀히 연결되는 바칼로레아 과정으로 이원화되어 있다. 프랑스 교육부는 초중등 교육과정에서 이수해야 할 '지식, 능력, 교양의 공통 기준[84]'을 표준화하여 명시해 줌으로써 공화국이 지향하는 교육 이념과 교수 내용을 컨트롤 하고 있다.

교육부가 제시한 기준에 따라 학교는 중학교 4년 과정 중 3, 4학년(만 13세, 14세)에서 논증의 기초를 가르치기 시작하고, 학생들은 고등학교 국

---

84  Le socle commun de connaissances, de compétences et de culture

어(프랑스어) 교과에서 본격적으로 논술을 배우고 체험한다. 대학 입학의 첫 관문인 바칼로레아 증서를 얻기 위해서는 계열에 관계없이 국어 시험과 철학 시험에서 특정 논제에 대한 자신의 생각을 논리적으로 풀어내는 글을 써서 기준점을 통과해야만 한다. 따라서 비판적 사고와 논증적 글쓰기 훈련은 고교생 모두에게 필수적이며, 이러한 과정을 통해 학생들은 문제의식을 가지고 논리적으로 주장하는 능력을 자연스럽게 익혀나간다. 철학 시험은 고3 말에 한 번 치르게 되지만, 국어 논술은 고2 말에 실시하고 통과하지 못한 학생들에게는 다음 해 한 번 더 응시할 기회를 준다.

바칼로레아 문제 유형은 우리의 대입 논술 시험에서 흔히 볼 수 있는 길고 난해한 지문을 읽고 답하는 방식과는 달리, 전 과목 서술형 문제이고 과목별로 고유한 출제 방식이 있다. 정통 논술은 철학과 문학 교과에 한정되며 일반 논술과 텍스트 분석 두 갈래로 나누어진다. 이를테면, "욕망은 무한한가?"(철학), "아름다운 시란 무엇인가?"(문학)와 같이 광범위하게 열린 주제에 대하여 자유롭게 논증하는 방식이 전자라면, "문학은 영혼의 자양분이 되고, 영혼을 바로잡으며, 영혼을 위로한다. 볼테르의 이 격언을 설명하시오. 이에 이의를 제기할 수 있는가? 어떤 측면에서 이러한 문학의 세 가지 역할을 확인할 수 있는가?"(문학)와 같은 유형이 후자라 하겠다. 서술의 초점이 다를 수밖에 없는 이 두 유형이 동시에 주어지고 문제를 선택할 수 있다는 점이 재미있다. 수험생은 주어진 3문제 가운데 하나를 택하여 4시간에 걸쳐 답안을 작성하게 되는데, 해당 논제가 요구하는 바가 무엇인지를 명확히 파악하는 것이 중요하다. 개인적 경험에서 우러나오는 진솔한 사유, 문제의식과 논지의 일관성, 논점과 논거 간의 긴밀한 연계성, 진부하지 않은 표현과 단아한 문장, 개요 조직 등이 논술 답안의 평가 요소로 작용한다. 2021년부터 적용되는 신 바칼로레아 체제에서도 철학과 문학 논술은 변함없는 존재감을 발휘하고 있다.

# 2. 바칼로레아와 신 바칼로레아[85]

## 1 바칼로레아의 정의

바칼로레아는 정확히 무엇을 의미하는가? 시험(examen)인가, 학위(diplôme)인가, 교과과정(cursus)인가? 프랑스 사회에서 바칼로레아는 이 셋 모두를 지칭하는 말이다. "중등교육 수료를 인증하고 고등교육 입문을 허락하는 양가적 특징을 가진 프랑스 교육 체제의 학위"(교육부), "중등교육 과정 수료를 인증하는 국가 수준 학위"(국립통계연구소)에서 보듯, 국가 기관의 공식적인 정의는 학위를 앞세운다. 한편 바칼로레아의 실체는 "중등교육 수료를 매듭짓고 고등교육 입문을 허락하는 시험"(라루스 사전)인 동시에 이를 준비하는 학교의 교과과정(Eduscol)이기도 하다. 시험, 학위, 교과과정은 긴밀히 연결되어 있긴 하지만 지시물의 성격이 다르니 만큼 바칼로레아란 말의 사용 맥락과 사용 의미를 바르게 이해할 필요가 있겠다.

바칼로레아의 어원과 유래를 알아보자. 'baccalauréat'는 열매를 뜻하는 'baie'(라틴어 bacca에서 유래)와 월계수를 뜻하는 'laurier'(라틴어 laurea에서 유래)의 합성어이다. 프랑스에서 이 말은 인문학과 자연과학에 능통한 젊은 기사단을 창설하여 바칼로레아라 명명한 프랑수아 1세로부터 유래하며, 16세기 퍼져 나간 예수회 교단의 학교(collège)에서는 학년말 상급 학년으로 올라가는 학생들의 명단을 월계수 왕관이 그려진 판에 새겨 출입문에 걸어두는 전통이 만들어진다. 고대 그리스에서부터 승리의 상징으로 애용되던 월계수와 그 열매의 기호학적 상징에 부합되는 이 역사적 사실들은 바칼로레아의 사회적 의미 형성의 계기로 보아도 좋을 것이다. 오늘날, 약어 사용이 다반사인 프랑스인의 일상 언어생활 속에서 바칼로레아는 보통 '박(bac)'으로 통하며, 인재 선발의 준거로 작동하

---

85  윤선영(2020), "누보 박 2021-개혁의 핵심 의제와 외국어 시험 체제 분석-", 『프랑스어문교육』 제70집 pp. 7~28 중 일부

고 있다. 'Bac+3', 'Bac+5'과 같이 'Bac+0년'을 기본으로 제시하는 채용 기준은 '박'이 가지는 사회문화적 위상을 단적으로 보여준다.

어원은 달리 출발하지만 바칼로레아와 불가분의 말로 '바슐리에 (bachelier)'가 있다. 바슐리에의 어원인 고대 프랑스어 'bacheler'(라틴어 baccalarius에서 유래)는 땅이나 소를 좀 가진 소농을 가리키는 말이다. 중세를 거쳐 15세기에는 기사가 되고 싶어 하는 젊은이를 칭하다가, 재산이 좀 있고 자유로운 생각을 가진 미혼의 청년을 뜻하는 말로 진화하였다. 대혁명 전에는 마스터를 꿈꾸는 장인을 가리키다가 19세기 초 고등교육의 장으로 들어서는 학생을 가리키는 말로 정착되었다. 지금은 사회적 뉘앙스가 많이 퇴색하였지만, 20세기 초반까지 바슐리에는 프랑스 사회에서 엘리트에게 보내는 부러움과 존경의 시선을 담은 말이었다. 영어권에서 학사학위 과정이나 총각을 뜻하는 'bachelor'는 바슐리에에서 유래하는 말임을 알 수 있다.

## ② 바칼로레아의 진화 : 엘리트주의에서 교육 민주화로

엘리트주의와 민주주의는 프랑스 교육 제도를 받치고 있는 양대 가치이다. 상호 대립적인 속성의 두 이념을 아우르는 제도의 중심에 200년이 넘는 역사를 가진 바칼로레아가 있다.

제도로서의 바칼로레아는 제 1제정 시대(1804~1815) 나폴레옹이 취한 포고령(1808. 3. 17)에서부터 출발하며, 대학, 학부, 교수진, 교육과정을 명시하고 있는 이 행정 법규에 따라 프랑스에서는 명실 공히 엘리트 양성을 위한 국가 주도의 고등교육이 시작된다. "문과 계열에서 해당 바칼로레아 과정을 이수하고, 산술, 대수, 기하, 삼각법에 관한 심사를 통과한 자만이 이과 계열에서 수학할 수 있다"[88]와 같은 조항에서는 국가 재건을 이끌어갈 인재들에게 인문학적 소양을 기본적으로 심어 주는 한편 이과 교육의 전문성을 강조한 시대정신을 찾아볼 수 있다.

당시 대학의 수학 과정은 바칼로레아(le baccalauréat), 리상스(la licence), 독토라(le doctorat) 세 단계로 위계가 나누어졌다. 이때 바칼로레아는 오늘날과 달리 대학의 학부 첫 과정을 지칭하며, 16살 이상이 되어야 입학할 수 있었다. 제도 차원에서의 의무교육이 부재하던 시기였기에 고등교육을 받기 위한 기초 능력의 배양과 검증은 해당 교육 기관의 몫이었고, 바칼로레아 과정이 바로 그 기능을 담당했던 것이다. 평가 방식은 고전 작가, 수사법, 역사, 지리, 철학 과목에 대한 구술로 이루어졌고 쓰기는 1840년에 이르러서야 도입되었다. 초기 입학생들은 전원 남학생이었고, 1861년 첫 바슐리에가 된 여학생 Julie-Victoire Daubié의 사례가 등장한다. 그녀의 입학은 여학생에게 바칼로레아 준비를 시켜주지 않던 시기에 혼자 힘으로 이룬 성공이라는 점에서 더욱 값지다. 1924년이 되어서야 비로소 고등학교의 바칼로레아 준비반에 여학생을 배제할 수 없다는 규정이 명문화된 사실은 여성 고등교육에 대한 프랑스 사회의 시각을 보여주는 좋은 예라 하겠다.

'교사들의 공화국'이라는 별칭을 얻기도 한 제3공화국(1870~1940)에서 국가가 재정을 책임지는 '공교육' 체제가 정착되었다. 공교육의 문을 연 Jules Ferry 법령(1882. 3. 28.)을 통해 '의무, 무상, 세속'이라는 공화국 교육의 3대 원칙이 명문화되고, 종교적 이념보다 과학을 우위에 두는 국민 계몽 교육이 전면적으로 시행되었다. 그러나 오랫동안 의무교육의 수혜자는 13세(1882.3.28.~1936.8.8), 14세(1936.8.9~1959.1.5)에 국한되어 20세기 중반까지도 고등교육 이수 자격을 딴 바슐리에는 가문의 자랑이자 사회의 엘리트로 대중의 부러움을 샀다. 당시 바슐리에 학위를 부르주아 세계로 들어서는 관문으로 해석한 사회학자의 연구도 있다.

1891년은 바칼로레아 과정이 중등교육 기관으로 넘어간 해다. 고등학

---

86　Décret impérial (1808) article 22.

교에 인문계열과 자연계열로 나누어진 바칼로레아 교육과정이 개설되면
서 고등학교의 사회적 위상이 높아진다. 2차 대전 이후의 베이비붐 현
상과 경제 호황기(1945~1975)를 거치며 바슐리에는 급격히 늘어나, 1901
년 5,647명에 불과하던 수가 1930년 15,000명, 1960년 60,000명으
로 늘어나는 등 양적으로 큰 변화를 보여준다. 20세기 초부터 변화를
거듭하던 바칼로레아 제도는 1968년 5월 혁명을 계기로 '탈권위주의'
를 부르짖는 사회 전반의 기류에 따라 실용주의 노선을 취하게 된다. 기
술과정 바칼로레아(le bac technologique)의 개설과 현용어중심의 외국어 교
육 정책을 그 예로 들 수 있다. 당시 프랑스 사회 전반에 불어 닥친 전통
과 권위의 상징으로 군림하는 모든 것을 부정하는 시대정신은 언어 교
육에도 큰 변화를 가져와 교육과정에서 라틴어의 비중이 현저히 줄어든
대신 외국어가 부상하게 되었다. 라틴어는 문과계열의 선택 외국어로 남
고, 자연계열 학생들은 라틴어 시험을 보지 않게 된 것이다.

    1981년 집권한 사회당 정부는 교육 민주화를 추구하며 80%대의 합
격을 목표로 하는 바칼로레아 개혁안을 1985년 발표하였다. 이로부터
1985년 67.2%에서 1995년 74.9%, 2006년 82.1%, 2019년 88.1%로
합격률이 지속적으로 증가하며 바칼로레아는 교육 민주화의 결실을 맺
기에 이른다.


### ❸ 누보 박, '성공, 평등, 동반'의 열쇠

    파리에 에펠탑이 우뚝 서 있듯이 프랑스 교육 제도에는 바칼로레아
가 그렇게 있어 왔다. 그런데 1990년대 말부터 단순 수정 보완과는 다
른 차원의 바칼로레아 제도 자체의 혁신을 바라는 사회 전반의 목소
리가 높아지기 시작하였다. 1997년 Claude Allègre 장관의 교육 개혁
을 출발점으로, "어떤 지식을 고등학교에서 가르쳐야 하는가?"에 대

한 총체적 성찰이 사회적 담론을 형성하데 되었다. 1985년 Jean-Pierre Chevènement 장관의 교육개혁에서 내걸었던 80% 합격률이 2006년 마침내 실현되고, 2014년부터 일반과정과 기술과정에서 90%대의 합격률을 자랑하게 되면서 바칼로레아 무용론이 제기되기까지 했다.

무엇이 문제인가? 먼저, 경제적인 측면에서 바칼로레아는 소위 가성비가 나쁜 시험이 되고 말았다. 2017 기준으로 개발 문항 2,900개, 시험본부 4,411(해외 152 포함)곳, 채점 및 심사위원 170,000명, 채점 답안 약 4,000,000부라는 통계 수치가 말해주듯 시험을 조직하는 데 소요되는 천문학적인 비용도 비용이지만, 본토와 해외 영토(DROM)는 물론 외국에서 응시하는 학생들까지 관리하는 복잡하고 까다로운 시행 절차에 비해 평가를 통해 얻을 수 있는 변별력이 미미해졌다는 사실이다. 사회적인 측면에서는 꿈의 80%대 합격이 가져온 바칼로레아의 역설이 있다. 합격률이 높아질수록 일자리 진입 장벽이 그만큼 높아지면서 청년들이 장래 직업에 대한 확신을 가지지 못하게 된 것이다. 한편 '바쇼타쥬(bachotage)'라는 냉소적인 표현이 함의하는 바처럼, 고3 말에 한꺼번에 치르게 되는 여러 과목의 시험 준비는 수박 겉핥기식이 되기 십상이고 인접 유럽국에 비해서도 시험 과목이 지나치게 많다는 비판이 고조되었다. 이에 더하여, 논술과 서술형으로 치르게 되는 전통적 평가 방식이 21세기 학교가 지향하는 정상적인 교육 활동을 수렴하지 못하고, 대학에서의 전공 공부를 효과적으로 준비시키지 못함으로써 교육적 측면에서도 낭비라는 지적이 끊이지 않았다. 이리하여 교육 당국은 바칼로레아를 대대적으로 수술할 개혁 프로젝트를 가동하게 되었고, 개혁위원회의 연구보고서를 토대로 한 신 바칼로레아 체제가 입법화되었다. 2018년 고등학교 입학 세대부터 적용되어 2021년 바슐리에를 배출하게 되는 일명 '누보박(le nouveau bac)' 체제가 그 결과물이다.

새로운 바칼로레아에서는 무엇이 달라지는가? "보다 나은 성공, 보다 나은 평등, 보다 나은 동반"이란 문안을 통해 누보 박의 방향성을 제시한 교육부의 의지와 "가능성의 고등학교 구축을 위한 신 바칼로레아 (2018. 1. 24)"란 이름의 개혁안 보고서에 근거하여 성공, 평등, 동반의 코드로 개혁의 핵심 의제를 살펴보자.

첫째, 누보 박의 대의는 바칼로레아가 대학 공부로 나아가는 진정한 도약대가 되어 학생 하나하나에게 '성공'의 길을 열어주는, 즉 '가능성의 학교'를 만들어주는 데 있다. 이와 관련하여 바칼로레아 본연의 기능인 중등교육과 고등교육의 가교로서의 역할을 극대화하기 위한 제도의 개혁이 전격적으로 단행되었다. 고등학교 2, 3학년 교과과정이 공통 교과 군(필수)과 전공 교과군(선택)으로 재편되고, 학생들은 자신의 진로와 연관성이 높은 교과군 둘을 선택해서 이수하고 3학년 말 심화전공 시험을 통해 평가받아야 한다. 한편 학교가 학생의 미래를 제대로 준비시켜야 한다는 취지로 도입된 '전공 구술'(le grand oral) 시험은 구술을 중시하는 서양의 전통을 살리면서 진로교육의 전문성을 보여주는 혁신적인 평가 모델로 평가할 수 있다. 수험생이 먼저 자신이 선택한 심화전공 과목의 프로젝트를 발표한 다음 심사위원과 질의응답 하는 방식으로 20분간 진행되며 총점의 10% 비중을 차지한다. 그 밖에도 미래의 성공 가능성을 열어주는 교육을 중시하는 누보 박 체제에서 학교는 보다 내실 있는 진로 체험 기회를 부여하여 실제적인 도움을 줄 수 있어야 한다. 이와 관련하여 학생들은 재학 중 2주간의 교내 진로교육, 고등교육 관계자(교수 및 선배) 만나기, 진로 및 대학 박람회 참가를 포함한 연간 54시간의 진로교육 시간을 이수하고 보고서를 제출해야 한다. 이러한 요소들은 내일의 사회를 준비하여 "더 나은 성공"의 가능성을 열어주는 바칼로레아로 거듭나기 위한 혁신으로 평가할 수 있다.

둘째, 누보 박은 공화국 교육의 기본 정신인 '평등'의 가치가 보편적으로 적용될 수 있도록 지나치게 복잡한 바칼로레아 시험의 조직과 운영을 간소화하였다. 이 점에서 가장 큰 변화는 일반계 고등학교 일반과정에서 L(문학), S(과학), ES(경제사회)로 나누어지는 바칼로레아 세트 구분이 없어진 점이다. 이 세트 구분은 대학, 그랑제꼴, 전문대(IUT)에 보다 적합한 교육을 제공하기 위한 취지로 1993년 도입되었으나, 해가 거듭될수록 L보다 ES를, 심지어 S를 선택하는 편이 그랑제꼴 입시에 유리하다는 뒷말이 무성하고, 특정 세트 준비에 유리한 학교명이 거론되고, 세트 선택이 가계 소득 수준과 상관도가 높다는 비판까지 일면서 교육 불평등 문제가 사회적 이슈로 부상하였다. 이러한 문제점을 해소하는 동시에 세트마다 문제를 달리 출제하는 데 소요되는 막대한 비용과 시행과정의 번거로운 절차를 단순화하기 위하여, 일반과정을 하나로 통일하는 대신 전공 선택제를 도입하는 방식으로 개혁이 단행되었다. 이에 반해 일반계 고등학교 기술과정에서는 기존 8개 세트(STMG, ST2S, STI2D, STL, STD2A, STHR, TMD, STAV) 체제를 유지하고 있다. 순수학문 지향의 일반과정과 응용기술 지향의 기술과정은 설치 목적이 다르니 만큼 평가의 잣대가 같을 수는 없을 것이다. 기술과정의 세트 구분 유지는 고도로 전문화되어 가는 21세기 사회에서 학교는 맞춤형 교육을 제공해야 한다는 누보 박의 의지로도 해석할 수 있다.

[표2] 기술과정 세트 구분

| 명칭 | 약어 풀이 | 이수 과목군 |
|------|-----------|-------------|
| STMG | 성적표 | 경영학과 전산, 경영, 법과 경제 |
| ST2S | 사회보건과학기술 | 보건물리화학, 생물학과 인간심리병리학, 사회보건위생학, 화학 |
| STI2D | 지속가능발전산업과학기술 | 기술혁신, 공학과 지속개발, 물리-화학과 수학 |
| STL | 실험과학기술 | 물리-화학과 수학, 생화학-생물학-생물공학, 실험 물리-화학 |
| STD2A | 응용예술디자인과학기술 | 물리-화학, 장치와 전산언어, 디자인과 예술인, 디자인 분석방법, 설계와 창조 |
| STHR | 호텔경영외식산업과학기술 | 식품-환경 과학 교육, 요리과학과 서비스, 경제, 호텔 경영 |
| TMD | 음악무용기술 | 기악/무용 |
| STAV | 농업생명과학기술 | 농업고등학교 교육과정과 8주간의 현장실습 |

한편 표준화된 교육을 통해 학교 간 교육 격차를 해소하기 위하여 전격적으로 도입된 제도가 있다. 공통필수 과목의 지정과 '일제고사' 제도이다. 국어, 철학, 역사-지리, 도덕-시민교육, 과학교육(일반과정)/수학(기술과정), 외국어A, 외국어B, 체육이 공통필수 과목으로 지정되고, 이 가운데 역사-지리, 과학교육/수학, 외국어A, 외국어B, 체육 과목의 성취도를 일괄적으로 평가하는 일제고사가 누보 박의 영역 속으로 들어오게 된 것이다. 이 시험은 교육부가 고시한 '공통기준'에 근거하여 문제은행에서 추출한 문항으로 구성되며, 학생들은 외부 수험장으로 이동하지 않고 자신의 학교에서 시험을 치르게 된다. 답안은 수험생 정보를 알 수 없게 처리하여 다른 학교 교사가 채점하게 하여 공정성을 확보한다. 기회균등의 원칙 아래 실행되는 내용과 절차들은 누보 박이 지향하는 평등의 실체라 할 수 있을 것이다.

셋째, 누보 박은 교과과정과 평가 간의 '동반'을 추구하며 고등학교 학업 전반을 종합적으로 평가하는 시스템을 구축하였다. 이를 위해 고3 졸업 시즌에 전 과목을 몰아서 보는 기존의 무거운 시험 방식을 지양하고, 내신평가 40%, 본고사 60% 비중으로 바칼로레아 이수 과정의 학업 전반이 반영될 수 있는 평가 체제로 전환하였다. 내신평가는 고2부터 고3까지의 성적표 10%와 고2(2회)와 고3(1회) 때 치르게 되는 일제고사 성적 30%를 합산하여 산출하며, 교육부에서 양식을 통일하고 사용을 의무화한 생활기록부 자료가 산출 근거가 된다. 양식의 진화를 거듭한 생활기록부는 전산화되어 학습자, 교수자는 물론 학부모까지 온라인으로 학업 성취도를 파악할 수 있도록 구축되어 있다. 본고사는 고2(6월)에 치르는 국어 논술(+구술), 고3(3월)에 치르는 심화 전공 2과목, 고3(6월)에 치르는 철학 논술과 구술면접 시험이 해당된다. 국어와 철학 과목은 기존의 바칼로레아 시험의 전통적 방식을 그대로 계승하며, 국어는 논술과 구술, 철학은 논술 시험을 치르게 된다. 평가 방식을 일목요연하게 종합한 다음 표를 통해 누보 박 체제에 대한 전반적 이해를 도모한다.

## [표3] 신 바칼로레아 체제 하의 시험 (일반계 고등학교 기준)

| 명칭 | 영역 | 비중(%) | | 과목/내용 | 시험 시간 | 시행 시기 |
|---|---|---|---|---|---|---|
| **내신 평가** (40%) | 성적표 | 10 | | 전과목 | | 2, 3학년 |
| | 일제고사1<br>일제고사2<br>일제고사3 | 30 | 5<br>5<br>5<br>5<br>5<br>5 | · 역사-지리<br>· 과학교육(기술과정은 수학)<br>· 외국어A,<br>· 외국어B<br>· 체육<br>· 전공(2학년) | | 2학년(1-2월)<br>2학년(4-5월)<br>3학년(12-6월) |
| **본고사** (60%) | 국어 | 10 | | · 논술<br>· 구술 | · 4시간<br>· 20분 | 2학년(6월) |
| | (우측 12개 교과군에서 2과목 선택)<br>심화 전공1<br>심화 전공2 | 16<br>16 | | · 예술<br>· 생물학, 생태학<br>· 전산과 컴퓨터<br>· 물리-화학<br>· 생명과 지구과학 | [필기]<br>3시간 30분<br>(예술: 구술 30분)<br>[실기]<br>1시간 30분 | 3학년(3월)<br>3학년(3월) |
| | | | | · 역사-지리, 지정학, 정치학<br>· 인류, 문학, 철학<br>· 외국 언어, 문학과 문화<br>· 고대 문학, 언어와 문화<br>· 수학<br>· 공업<br>· 경제학과 사회학 | [필기]<br>4시간 | |
| | 철학 | 8 | | 논술 | 4시간 | 3학년(6월) |
| | 구술면접 | 10 | | 발표, 면접 | 20분 | 3학년(6월) |
| **진로 교육** | | | | 교육, 견학, 보고서 | 54시간 | 2, 3학년 |
| 용어 | | | | - 내신평가 (le contrôle continu)<br>- 본고사 (les épreuves finales)<br>- 성적표 (les bulletins scolaires) | - 일제고사(les épreuves communes)<br>- 구술면접(le grand oral) | |

'마니에르(Manière)'는 2017년에 만들어진 서울대학교 불어교육과 내 유일한 동아리로, 다양한 프랑스어 텍스트를 한국어로 번역하고 있습니다. '마니에르'는 동아리 구성원 각자의 번역 방식(manière)이 가진 개성과 장점을 살려 하나의 멋진 결과물을 만들어내고자 하는 의지를 반영한 이름입니다. 동아리 활동 초기에는 4명의 인원으로만 구성되어, 단편 소설을 번역하거나 프랑스 다큐멘터리의 한국어 자막을 만드는 등의 소규모 프로젝트로 그 활동을 이어 나갔습니다. 이 책은 마니에르의 첫 출판물로서, 2018년 하반기에 번역을 시작하여 총 12명의 학우들이 작업에 참여하였습니다.

마니에르는 전 세계의 관심을 받는 바칼로레아 논술을 한국에 소개하고자 하는 바람에서 처음 《논증과 설득의 기술》 출판을 기획했습니다. 《논증과 설득의 기술》은 논술 작성법에 대한 체계적 설명뿐만 아니라 풍부한 문학 및 철학 논제를 담고 있는 *Du plan à la dissertation*을 번역한 책입니다. 이 책은 각 논제에 대한 모범답안을 상세하게 제시하고 있기 때문에 바칼로레아 논술을 처음 접하는 독자들도 쉽게 읽을 수 있을 것입니다. 또한 고등학교나 대학교에서 논술이나 프랑스어 수업의 교재로도 활용할 수 있을 것입니다.

번역 작업 시, 책의 한 부분에 대해서도 여러 명이, 여러 번에 걸쳐 피드백을 주고받음으로써 다양한 관점을 종합적으로 반영하여 번역의 완성도를 높이고자 했습니다. 내용 이해에 배경지식이 필요한 경우에는 각주를 덧붙여 독자들의 이해를 돕고자 했습니다. 이 책을 통해 독자 여러분께서 논술을 쓰는 기술뿐만 아니라 프랑스 문학이나 철학적 주제에 대한 배경지식까지도 얻어 가실 수 있기를 바랍니다.

번역을 하면서 정말 많은 것을 배웠습니다. 이 책을 통해 프랑스어 논술을 제대로 이해할 수 있었기에 프랑스어교육을 전공하는 학생들로서 좋은 기회였습니다. 번역가는 원작자와 독자를 연결해주는 다리 역할을 충실히 수행하는 사람임을 번역 과정 전체에 걸쳐 체감했습니다. 책을 번역해서 출판하는 것은 처음이었기에 독자에게 내용을 매끄럽게 전달하면서도 원문의 의미를 훼손하지 않는 번역을 하는 것이 쉽지 않았지만 전 과정이 마니에르 팀원들에게 매우 뜻깊은 시간이었습니다.

끝으로 마니에르의 열정과 잠재력을 누구보다 먼저 알아봐주시고 이 책을 소개해주신 윤선영 선생님께 가장 먼저 감사의 말씀을 드립니다. 그리고 이 번역본이 보다 좋은 책으로 탄생할 수 있도록 관심과 애정을 가지고 조언해주신 이세욱 번역가님께 감사드립니다. 마니에르의 활동을 격려해주신 서울대학교 불어교육과 선생님들께도 감사드립니다.

마니에르

프랑스 교육 현장에는 학생들이 특정 주제에 대해 자신의 생각을 합리적 근거를 통해 밝히고자 정확하게 논증하는 글쓰기의 비중이 크다. 중등학교에서의 시험은 창의적이고 통합적인 사고를 요구하는 논술형으로 치르게 되는 데, 고등학교 졸업시험이자 대학입학 자격 시험인 '바칼로레아'를 그 전형으로 들 수 있다. 본 역서는 프랑스 논술 시험의 특성, 유형, 수준을 가늠하게 할 뿐만 아니라, 논술의 작성 방법과 논술의 실제를 익히는 데 더없이 유용하다. 체계적 독서와 함께 하는 논증 능력은 오늘날 인재들이 갖추어야 할 필수적 자질이 될 것이기에 더욱 그러하다. 2025년부터 전면적으로 실시되는 '고교학점제'의 시행을 앞두고, 교육 방식의 혁신 차원에서 글쓰기의 중요성이 더욱 부각되고 있는 이 때, 이 책이 논술의 좋은 길잡이가 될 수 있기 바란다.

서울대학교 불어교육과 교수 **박 동 열**

외국어를 해독하는 데는 많은 노력이 필요하다. 낱말의 쓰임, 문장의 구조, 문맥에 대한 이해와 더불어 문화적 배경 지식도 있어야 한다. 그래서 오랫동안 외국어의 번역을 해석이라고 불러왔다. 요즘의 외국어 공부는 실용적 쓰임이 우선이어서 회화 능력에 치중하지만 텍스트에 대한 심도 있는 이해를 위해서는 해석을 통한 번역 솜씨가 중요하다. 번역 훈련은 단지 지식의 활용이 아니라 손을 통한 언어 감각의 수련이다. 번역 동아리의 명칭을 〈마니에르Manière〉라고 하여 솜씨를 강조한 까닭이 거기에 있는 것 같다. 게다가 프랑스의 논술은 오랜 교육적 전통을 가진 글쓰기 형식인데 그 개론서를 번역하는 도전은 프랑스어와 프랑스식 논술이라는 내용과 형식을 모두 배우는 훌륭한 방법임에 분명하다. 논술 능력이 점점 중요해지는 시대에 시의적절한 논술 개론서가 공동 번역으로 나왔다.

서울대학교 불어교육과 교수 **김 신 하**

# 논증과 설득의 기술

바칼로레아를 통한 프랑스 논술 들여다보기

**초판발행일** | 2021년 5월 5일

**원        작** | *Du Plan à la Dissertation*
**저        자** | 폴 데잘망, 파트릭 토르
**(편) 역  자** | 마니에르, 윤선영
**마 니 에 르** | 김이헌, 김호정, 박혜민, 박미진, 이동민, 박소현,
　　　　　　　문정빈, 김수민, 김수원, 이선민, 장수연, 강수민
**사        진** | 윤선영
**디    자   인** | 박수정
**편집, 제작** | 가나북스

**펴    낸   곳** | 끄세쥬(Que sais-je ?)
**출 판 등 록** | 2018. 8. 21. 제307-2018-43호
**주        소** | 서울 성북구 북악산로 1라길 6
**전        화** | 02) 6015-0518
**팩        스** | 02) 6015-0518
**홈 페 이 지** | https://www.facebook.com/끄세쥬-Que-sais-je--111004263876574/
**전 자 우 편** | bravoysy@gmail.com

**총        판** | 가나북스 www.gnbooks.co.kr
**전        화** | 031) 959-8833
**팩        스** | 031) 959-8834

**가        격** | 14,000원
ISBN  979-11-964704-2-5 (03800)